マドンナメイト文庫

美少女変態怪事件

柚木郁人

目次

contents

美少女変態怪事件

プロローグ

イギリスやアメリカで話題になっている「ミステリーサークル」＝写真＝と呼ばれる不思議な円形模様が、〇〇県宮守《みやもり》村の稲田にも現れた。サークルは三つあり、一つ目は直径約二〇メートルある。稲が根元から螺旋状に薙ぎ倒されているのが見て取れる。他の二つは直径五メートルほどで、一つ目とは逆向きに稲が倒されている。奇妙なのは倒されている稲だけ実がなくなっていたことである。

水田の持ち主である×××（六八）さんは十九日の明朝にこれらを発見し、「最初は動物の仕業だと思った」と思ったらしい。その数時間後、中学生数名がミステリーサークルだと気づいた模様。たちまち「窓から眩《まばゆ》い光が見えた」「オカルト好きのいたずらでは」などという噂でもちきりとなった。

平成十一年九月二十一日

『〇〇日日新聞』より

六月中旬、東京・池袋《いけぶくろ》の中高生男子三十名が売春で一斉摘発されたことが各紙で報じられた。池袋警察によれば、これほど大規模な少年売春を摘発したのは初めてだとのこと。世界的なスポーツの祭典のため、その後の報道は途絶えたが、情報筋によれば、少年たちは全員女子の制服を着て、いわゆる「パパ活」をしていたという。噂は日本中に広がり、インターネット上では「LGBT運動の弊害」など、これまでタブーとされてきたジェンダーレスに責任を転嫁する論調もあった。だが、この事件の背景には、格差社会が急速に拡大していることによる深刻なひずみがあるのではなかろうか。

なお、売春の首謀者はいまだ逃走中とのことである。

令和三年十月十三日

『週刊文潮』記事一部抜粋

第一章　禁断の破瓜実験室

1

「柚菜《ゆな》のことを猫目っていう子がいるけど、そんなこと気にしたらダメだからね。あなたに告白した男子がフラレて嫉妬しているだけだから」

クラスメイトの早苗《さなえ》が、掃除の時間にそう囁《ささや》いてきた。彼女が悪意を持っているかどうかは、柚菜にはわからなかったが、猫目とはなかなか的を射ていると他人事《ひとごと》のように感心した。

柚菜が複雑な表情をしていたところ、早苗が顔を覗き込んだ。

「その目、すごく綺麗だね」

「ありがとう」

そう答えながら、視線を逸らした。

柚菜は生まれたときから左右の目の色が違っていた。右目は鳶《とび》色で、左目は蒼色だった。医学的には虹彩異色症、通称オッドアイと呼ばれるものだった。瞳の中に花が咲いているようだとか、左右で見えている景色が違うのではないかと言われたことがあるが、後者には同じだと思うという面白みのない回答しかできなかった。

「猫目は……まだマシなほう……」

ポツリと呟いた。

猫目というのは、猫のオッドアイから来ているのだろう。実際、柚菜の長い睫毛に縁取られた瞳は子猫のように大きかった。それが魅力的なのか、中学に入ってから数え切れないほどの告白を受けた。それを見て面白く思わない女子から、牝猫とか泥棒猫だのと言われたことも一度や二度ではなかった。

「今日は部活休むね」

「もしかして、あの日？　ナプキンあるよ？」

早苗は声を潜めた。周りに聞かれぬよう配慮してくれたのだ。

「ち、違うよ」

柚菜は動揺した。その反応を見て早苗はさらに追及してきた。

「まだ来ないんだ」

「……うん」

頬が赤くなるのがわかった。柚菜には初潮がまだ来ていなかった。それだけなら個人差があると納得することができたのだが……。

「顔色が悪いけど、大丈夫？」

「うん……早苗、ごめん。先に帰るね」

柚菜はそう言って教室を立ち去った。

学校は私立桜岡《さくらおか》学園という中高一貫校に通っている。都内でも有名な進学校で、柚菜は中等部二年C組の生徒だった。最近、衣替えをしたばかりで、男子は学ラン、女子は襟に三本の白いラインが入った濃紺色のセーラー服を着用していた。何の変哲もないセーラー服を名門校だと一目でわかるようにしているのが桜色のスカーフだった。

廊下を歩くと男子の視線がまとわりついてきた。

柚菜は誰よりもセーラー服姿が似合っていた。ストレートな黒髪が、窓から射し込む陽の光を反射して、白銀のように輝いていた。顔立ちは目鼻立ちがはっきりと整っていて、幼い愛らしさと大人びた美しさが見事に調和していた。

プリーツスカートから覗く膝は丸く傷一つなかった。足首はガラス細工のように繊細で、校則に従って白いソックスを履いていた。歩くたびにスカートの裾が軽やかに揺れて、陸上部で鍛えた白い太腿が見え隠れした。

異性への嫌悪感が強くなったのは二カ月前からだった。膨らみはじめた乳房やヒップに男子の視線が注がれるだけで、制服を着ているにもかかわらず、肌を触れられているような感覚に襲われるようになったのだ。

(自意識過剰よ……)

自分にそう言い聞かせても、学校を出たら出たで異性の視線を強く感じることになる。

街中ではさらに人目を集めてしまうからだ。

(いつもより……視線が……お尻に、胸に触れてくる気がする。こんなの妄想だよ)

そう自分に言い聞かせても、パンティのクロッチが熱い蜜汁で湿ってくるのがわかった。しかも、今日は特に感度が高まっていた。歩くたびに、背中に電流が走っているような強い刺激があった。

歩き方はぎこちなくなり、人目がますます気になってしまう。

立ち寄ったショッピングモールのガラスに映った自分の姿を見てゾッとした。目はトロンと潤んでいて、ローズピンクの唇が艶々と輝いていたからだ。

（……穢らわしい）

柚菜は逃げるようにして帰宅した。

自宅は巣鴨《すがも》の一角にあった。家は祖父の代から受け継いだものだった。父の佑一郎《ゆういちろう》は大学で応用生物学の教授をしていて、研究やら出張で留守にすることが多かった。

「ただいま」

もちろん返事がなかった。

（お父さんは明後日まで学会だと言っていたわね……）

柚菜は居間にある仏壇に手を合わせた。

「……お母さんが生きてたら……相談できたかな？」

母の遺影を目にすると涙が零れそうになる。

元々、母の悠子《ゆうこ》は体が弱く、柚菜が小学三年生の頃に亡くなった。自分の死期を悟っていたかのように、母は柚菜を厳しく躾けた。幼い柚菜にはそれが理解できなかった。あのとき、もっと母の話を真剣に聞いておけばよかった。残り少ない時間のなか、自分にあれこれ教え込もうとしたのだろう。今となっては後悔ばかりが残っている。

母は自分のレシピをすべて書き留めていた。料理を作るたびに、柚菜は母の痕跡を辿《たど》ることができた。父の好物である親子丼は、鶏肉を一口サイズにしてつゆを多めにすると美味しくなると書かれていた。

(でも……私の身体に起きている異変はママにも相談できないわ)

柚菜は悩みを誰にも言えず、一人で抱《かか》え込んでいた。

クラスで初潮を迎えていないのは柚菜だけだったし、ブラジャーを着けるのも遅かった。

柚菜は遺影の前でも、自分の秘密を告白することができなかった。

浴槽に湯を張ったあと、脱衣所で上着を脱いだ。飾り気がない白無地の三角ブラジャーが露《あらわ》になった。それも外すと、幼くも美しい乳房がまろび出た。

膨らみはじめてからまだ日が浅い双乳だった。テニスボールを半分にしたようなサイズで、硬く隆起していた。その頂点に透きとおる桃色の乳頭が恥ずかしげに佇《たたず》んでいる。小学生に比べると隆起は目立ちすぎるが、かといって女子高生のように発達しているわけでもない。思春期の限られた時期にしか見られないものだった。

それは、本来なら下半身にも言えることである。

だが、柚菜はスカートを摑《つか》んだまま逡巡《しゅんじゅん》した。そこに秘密が潜んでいたからだ。

「……」

やがておもむろにスカートを脱いだ。

恐るおそる白無地のパンティを見下ろした。いつもと明らかに異なる盛り上がりがあった。

（あぁ……やっぱりある……）

パンティを脱ぐのが怖かった。しかし、蜜汁で濡れたパンティが貼り付いて不快だ。身を捩るたびに、股間部分にピンク色の肉が蠢いている。まるで一刻も早く解放しろと言わんばかりだ。

柚菜は瞼を閉じて、パンティを下ろした。

とたんに股間に重みを感じた。

そっと目を開けてみた。華奢な身体には似つかわしくない極太の怒張があった。

（これは、どう見てもオチ×チンよね!?）

目をつぶってもそれが消えることはなかった。

色白の柚菜の肌と同じ色の肉竿には、静脈が盛り上がっていた。亀頭はラビアと同じサーモンピンク色をしていたが、その形は毒茸《きのこ》を連想させ、怖気がするほど気持ち悪かった。しかも、粘液が溢れ出し、饐《す》えた嫌な臭いがした。

柚菜は浴室に駆け込んだ。すると屹立したペニスが激しく揺れてその存在をアピールしてくる。かけ湯もせず浴槽に飛び込んだ。亀頭の先端がチリチリと痛痒かったが、そこを見ないようにした。

（どうして、どうして？　オチ×チンなんかが生えてるの？）

しかも、生えたままではないのがさらに特異だった。なぜか月に一度だけ男根が出現するのだ。

この現象は先月から始まっていた。下腹部に違和感を覚えて目を覚ましたとき、柚菜はようやく生理が訪れたのだと思った。しかし、股間を見て唖然とした。淫核が子供のペニスサイズまで膨らんでいたのだ。

当然のことながら動揺したが、誰にも相談できるはずもない。生物学者の父親にも言えなかった。生えたペニスは夜になると、どんどん大きくなっていった。それにともない大陰唇も膨らみはじめ、やがて陰嚢へと変貌した。同時にそれまで膣から大量に出ていた蜜汁がピタッと止まった。どうやら、膣穴が消えてしまったせいだろう。そして、代わりに粘液がペニスの先端から溢れ出るようになり、恐怖と不安で絶望し、まんじりともしないまま夜を明かした。朝方、いつのまにか眠ったようだが、すぐに目が覚めた。

しかし、驚くことに、翌朝異変を感じ、股間を確かめると、男根は跡形もなく消えていたのだった。

（アレは夢じゃなかったんだ）

前回は休日だったからまだましだったが、今日のように平日だと困るどころの話ではなかった。

「どうして、こんな身体になるの？」

泣き声が浴室に悲しくこだました。

柚菜もこの一カ月の間、自分なりにいろいろ調べてはみたが、生まれつきの半陰陽とも違い、自分と同じ症例を発見することはできなかった。その際、男性の生殖器についても多くを学んだ。射精というものがあること、男女が性交することで子供が生まれることを知った。確かに小学校で習ってはいたものの、性交渉の具体的なイメージがわかなかった。

それを知ってからというもの、男子を意識するようになり、その視線にも過敏になった。濡れやすい体質に変わってしまったのだ。

「……こんなの嫌だ。望んでなんかいないのに」

この絶望と恐怖の状態にあっても、柚菜の男根は勃起していた。悔しさのあまり両手で押さえつけようとしたが、粘液でヌルヌルした肉竿の表面を手のひらがすべった。その瞬間、雷に打たれたような快感が身体に走った。

「ひゃん！」

柚菜は脱衣所に用意してあった肉切り鋏《ばさみ》を持ち出した。普通の鋏とは違って刃に緩やかなカーブがついている。切り終えるまで一定の力で切ることができるのだ。柚菜は事前にソーセージで試し切りをした。

（……こんなのいらない）

浴室の椅子に座って股を開いた。

恥丘には生え揃っていない陰毛が張りついていた。

その下にはおぞましい男根が聳《そび》えていた。

「……」

柚菜は震える手で鋏を男根の根元に押し当てた。緊張で嫌な汗をかいた。

「……やらないと」

意を決して瞼を閉じた。

しかし、指は金縛りにあったように動かなかった。

いくら自分を鼓舞《こぶ》しても飛び散る血と苦痛が想像できてしまう。そのままでは済まされず、病院で治療を受けないとならないだろう。最悪、命だって……。

鋏が浴室の床に落ちた。

「うぅぅ」

柚菜は泣きながら、憎き肉棒を摑んだ。

それはもはや自分の一部となり、たちまち鋭敏な快楽に襲われる。少しだけ指を動かしてみる。

「んんん」

信じられないほどの快感が、男根から全身へと広がっていった。

指には徐々に力が入り、気づいたときには握りしめていた。

(男の子ってこうやって……オチ×チンをしごくって聞いたことがあるわ)

柚菜と同じ年頃の男子が毎日するものらしい。クラスメイトの真面目な浅野《あさの》くんや矢島《やじま》くんなどが、こうして自分の性器を擦っていることなどとても信じられなかった。しかも、男子はオカズというエッチなものまで利用するらしい。

男子が好きな雑誌の表紙が、なぜ美少女や美女の水着姿であるのか、その理由を理解した。

以前、柚菜が都の陸上大会で優勝した際の映像が、動画サイトに出まわっているのを知り、多くの知らない男たちのコメントを見たことがある。

純粋に足の速さを称賛するものもあったが、彼女の容姿やユニフォームが貼り付いたヒップを褒める卑猥なコメントがほとんどだった。

そのときは男という生き物に不快感と嫌悪感を覚えただけだった。

しかし、今なら理解できる気がする。

「んあんぅうん……あ、あうん」

脳が麻痺するような強い刺激で、何も考えられなくなる。

はしたなく脚を開き、屹立した肉砲を雁首から根元まで擦り上げてみる。肉の擦れる音と粘液の水音がいやらしく浴室内に響きわたる。

「んん……んんん」

柚菜は喘ぎ声を押し殺そうと唇を閉じようとしたが、つい鼻から甘い吐息が洩れてしまう。

膝が恐いほど震えている。

自慰行為をやめたいが、手の動きは速くなる一方だった。

「あ、あくぅ……だめ、ダメよ。もうやめないと……」

声に出すと、ようやく手の動きが止まった。

荒い呼吸に合わせて乳房も揺れている。ピンク色の乳首がいつもより膨らんでいるように見えた。一方、亀頭は赤黒く充血していた。肉竿全体が火照っているようで、ひくひくと上下に跳ねている。まるでしごけと催促しているかのようだった。

亀頭の先端は飢えた犬が唾を垂らすように粘液を溢れさせていた。

そのとき、何かがゆっくりと尿道を駆け上がるのを感じた。股間がむず痒くなり、思わずヒップを振り乱した。

と同時に濡れた髪が乳首に触れた。

「んくぅ」

敏感になった乳首がピクンと反応し、たちまち甘い疼きを引き起こした。気づくと乳首を指で捏ねはじめていた。

肉槍が腹を打つほど躍動し、会陰の奥から官能の波が渦巻いた。

「……もう、やめ……」

柚菜は身体を洗い、雑念を振り払おうとした。スポンジにボディソープを泡立て、まず手足を、次に乳房を優しくマッサージしていく。

（男の人は、どうして胸ばかり見るんだろう？）

自分のは決して大きい乳房ではない。丸みもまだまだだ。触れると張りがあり、少しでも力を入れると痛みが走る。だが、その痛みの奥には、未知の快楽が潜んでいることが窺《うかが》えた。

柚菜は乳房を揉む手に力を入れた。

嫌悪感を持っていたはずなのに、男たちの舐めるような視線を思い出し、乳房や乳輪、さらには乳首に指を這わせた。そして揉んだり、摘まんだりして愛撫していく。

そうしながら片手では肉棒をしごいていた。

先ほどよりも摩擦による快楽電流のボルテージが一気に高まった。

「ダメ、ダメよ……もうやめないと！」

だが、本能が自制を促《うなが》す声を無視した。

（あぁ……こんなんじゃ、頭がおかしくなっちゃう……）

女の子なのに、男根が生えている自分はすでに異常なのだという意識が頭をかすめる。どうせおかしくなったのなら、この快楽に身を任せて、行き着くところまで行ってしまいたいという倒錯した願望が頭をもたげてきた。

柚菜はいっそう激しく肉棒をしごいた。

会陰の奥で官能のマグマが沸き起こった。

「あぁ、くうー。怖い……んあぁ、怖い」

初めての絶頂を前に、柚菜は恐怖すら感じた。しかし、手を緩めることはなかった。いや、できなかったのだ。なんとか爆発に抵抗するので手いっぱいだった。

だが、すぐに一線を越えた。その瞬間、男根がぐわっと膨張した。

「きゃあ！」

思わず悲鳴をあげた。

予想以上の快感が押し寄せてきた。

──ドプッ、ドピュン！

大量の粘液が凄まじい勢いで噴出した。

全身が震え、視界が霞んだ。

「ダメダメ、止まってぇえ！」

しかし、始まったばかりの射精は留まるどころか、激しさを増すばかりだった。

柚菜の手を跳ね返すほど力強く痙攣し、次から次へと白濁液を噴出しつづけた。精液の塊《かたまり》が尿道を駆け抜けるたびに、味わったことのない強烈な快楽に翻弄された。

ようやくすべて出しきったとたん、先ほどまでの興奮が嘘のように冷めていった。

目の前には自分が吐き出した白い粘液が床や壁に飛び散っていた。そこから栗の花のような刺激臭が漂っていた。

柚菜は顔を覆って泣きだした。

2

「昨日、顔色が悪かったけど大丈夫？」

「……うん」

早苗が心配するが、柚菜は頷《うなず》くことしかできない。

今日は部活の日で、二人は陸上部のユニフォームを着ていた。桜岡学園のカラーであるピンク色のセパレートタイプのものだった。身体にフィットしているため、身体の曲線がはっきり見えている。合成化繊で作られた生地は薄く、目を懲らせば乳首の膨らみさえもわかるだろう。走ったり、飛んだりすれば、尻の谷間にショーツが食い込むし、割れ目の縦筋も目立つかもしれない。

何より他の部活の生徒たちに見られるのが、思春期の少女としては恥ずかしくてたまらなかった。

大会ならいざ知らず……。

「これを恥ずかしがっていたら、いざ本番となったときに集中できないわよ」

そう檄《げき》を飛ばしたのはコーチだった。学外から招聘《しょうへい》された有名な元オリンピック選手だった。柚菜たちの世代は現役時代の活躍を知らず、今は中年太りとなった彼女から過去の勇姿を想像することは難しかった。それでも、学校が指導を一任していることもあり、誰もコーチに逆らえなかった。

「それにしても、柚菜はいいなぁ」

早苗がそうつぶやいた。

「なにが?」

「だって、日焼け跡がないじゃん。私なんて見てよ」

早苗が自分の下半身をなぞった。太腿の中程で肌の色が違っていた。ハーフパンツの日焼け跡だ。部活仲間のほとんどが日焼け止めを塗っているが、どうしても日焼けしてしまうのだ。

しかし、柚菜にはそれがなかった。

彼女の肌は生まれたての子どものように真っ白な肌をしていた。早苗がおもむろに太腿に触れてきた。

「ああ、スベスベじゃな。お嬢さんの脚は素晴らしい肌をしておる」

クラスの女子のあいだで流行《はや》っているオヤジ口調で、早苗がセクハラまがいのことをしてきた。柚菜も仕返しに早苗の乳房に触れた。

「やッ！　なに？」

「そう言うお嬢さんこそ、こんなにたわわに実らせおって」

「白石《しらいし》、この前、都大会で優勝したからって油断するんじゃないぞ？」

二人でキャッキャヤッと騒いでいると、案の定コーチから叱られた。

そのとき、校内放送が聞こえてきた。

『中等部二年C組の斎藤昭博《さいとうあきひろ》さん、白石柚菜さん。黒沼《くろぬま》です。理科準備室まで来るように』

それを女子生徒たちは黙って耳を傾けていた。なぜなら、教師の美声にうっとりしていたからである。黒沼英治《えいじ》は柚菜の担任の理科教師だった。

黒沼はスラリとした長身に精悍なマスクの持ち主で、女子の人気を独占していた。しかも、ファッションセンスも抜群で、見るからに仕立てのいいスーツを着こなしていた。しかも、三十八歳で未婚とくれば、大人の男に憧れるティーンエイジャーの注目を集めるのも当然と言えよう。

かつては有名塾講師だったが、学園長が引き抜いたという噂もあるほどだ。ここ十年ほどは高等部に所属していたが、女子生徒からの告白があまりにも多いため授業に差し障《さわ》りがあり、やむをえず中等部に異動になったという噂もあった。

いつもは厳しいコーチも黒沼には一目置いていて、待たせてはいけないから、すぐに行くようにと言ってきた。

しかし、柚菜は黒沼の力強い目が苦手だった。しかもこの恥ずかしいユニフォーム姿で行くのはためらわれたので、急いで更衣室でセーラー服に着替えたのだった。

理科室のある別館は校舎から少し離れた小高い丘の上にあり、不便な場所なので生徒たちも用のないときは寄り付かなかった。建物の横にある空き地には、真っ赤な外車が停まっていた。黒沼はまるで私有地のようにそこを使っていた。

柚菜はなぜ自分が呼ばれたのかわからなかった。いっしょに呼ばれた斎藤の姿もなかった。彼は帰宅部だったので、そもそも学校にいなかったのかもしれない。

柚菜は理科準備室の前で深呼吸してから、ドアをノックした。

「白石です」

「おー、来たか？　すまんが手を離せないんだ。入ってくれ」

ドアを開けると、薄暗い部屋で黒沼は何かを片づけていているようだった。スーツのジャケットを脱いで、ネクタイを緩め、これまた上質だとわかるYシャツの袖を腕まくりしていた。オールバックに近い髪型はそのままで、教師らしからぬ顎髭を手で擦ってみせた。

「あれ？　斎藤は？」

「たぶん、塾じゃないでしょうか？」

「日直なのにもう帰ったのか？」

「……私たちの日直は明日です」

黒沼の勘違いと知って、柚菜は少し安堵した。

「そうだったか？　すまんが、ちょっと手伝ってくれないか？」

この部屋を見てくれと言わんばかりに、黒沼は大げさに両手を広げた。

理科準備室には数えきれないほどの本やDVDがあった。すべて教材用なのだろう。中には私物と思われる筋トレグッズや高級そうなカメラもあった。窓辺にある水槽には得体の知れぬ軟体動物がいた。気味悪くなってゾッとした。

「なんだ、その顔は。飼ってみると、可愛いんだぞ……と言っても、誰も共感してくれないが」

屈託のない笑顔を見せてきたが、柚菜は身構えた。どうも、黒沼の芝居がかった態度が信用できなかったからだ。やはりその目も怖かった。他の男と違って、胸や股間を見てくることはないが、その代わりこちらの目をジッと見てくるのだ。心の奥底を見透かされるような不気味さがあった。

「……」

「せっかく来てくれたんだから。そこのDVDを、あっちの棚に並べてくれないか」

「……わかりました」

ここで早苗なら、調子のいいことを言って、アイスでもおねだりするのだろうが、柚菜は無駄口を叩けなかった。少しでも気を許すと男子は勘違いするし、女子からも色目を使っていると難癖をつけられるから、ふだんからよけいなことは言わない癖が染み付いていたのだ。

(こんなに年が離れているのに……どうして、女子たちは恋愛感情を持てるんだろう?)

そうした疑問は胸にしまい込んで、柚菜は言われたとおり、DVDを広々とした棚に並べていった。棚は年季の入った木製だが、しっかりしたもので、天井に届くほど背が高かった。

「右下のほうは開けておいてくれよ。本棚にラベルが貼ってあるから、そのとおりに並べてくれ」

DVDのジャケットに書かれたラベルと見比べる。ローマ字はイニシャルなのか二文字で、撮影日と思《おぼ》しき数字が書かれていた。

「R・K　2018／0508~0513　No.3」「Y・A　2020／1023　No.35」「N・T　2021／0730　No.21」などなど。

整理を終えると右下の棚がまるまると空いていた。

その棚のラベルには「Y・S」と記されていた。

すると、いつの間にか背後に黒沼が無言で立っていた。

振り向く前に腕を掴まれ、背中にねじ上げられてしまった。

たちまち激痛が走り、肩関節が軋んだ。男の暴力の前では中学生はあまりに無力だった。

「先生、何をするんですか!?　離してください！」

「離してほしいか？」

黒沼の息が頬をかすめた。

「当たり前……じゃないですか」

柚菜は首を捻って、教師を睨んだ。

「神秘的な瞳だ。その気丈な目の色がどう変化するのか愉しみだ」

「何を言っているんですか!?」

柚菜は本当の怒りというものを初めて感じたのかもしれない。しかし、それと同時に、自分は無力であり、男の腕力に敵《かな》わない存在であることも思い知ったのだった。黒沼の腹づもり一つで、柚菜の運命が決まってしまう。込み上げる恐怖を、怒りでなんとか抑え込んでいる状態だと言えるかもしれない。

しかし、この虚勢も長くは続かなかった。

黒沼はいつのまにか黒い革製の枷と首輪を手にしていた。

「変なことしないで！」

「みんなこれでおとなしくなるんだ」

黒沼は慣れた手つきで、柚菜の手首に枷《かせ》を嵌《は》めていった。

まだ自由なほうの手で相手の脇腹に肘打ちをしようとしたが、すぐに摑まれ両手を背中で重ねるように拘束されてしまった。さらに首輪も嵌められてしまう。そして両者は鎖で連結された。

首輪はしっとりとしていて、革の独特な臭いに加え、何とも言えぬ背徳感も感じられた。拘束が完了すると、黒沼は柚菜を離した。

「外してください！」

「中学生に首輪をしたのは初めてだが、なかなか似合っているじゃないか」

これまで授業では見せたことのないような歪んだ笑みを浮かべていた。唇の端を卑しく吊り上げ、厚めの唇を舌で舐めている。

柚菜は身の危険を感じて、身体を捩った。だが、手枷が腕に食い込み、痛みが広がるばかりだ。そんな惨めな姿を見られたくなく一心で、俯こうとすると、首輪が食い込んで息ができなくなる。

（生徒を襲うつもりなんだ！）

その事実に気づいたとき、身体が震えだした。男根が生えたこととはまた別の恐怖で身体から血の気が引いていった。

3

柚菜は理科準備室から、理科室へと連れていかれた。

この部屋も遮光カーテンで薄暗くなっていた。柚菜は実験台の上に載せられ、二股の水栓に枷を繋がれた。

「これから準備がある。それまでこれでも見て勉強するんだな」

壁のスクリーンにプロジェクターが投影された。

『いやぁ……あぁん、先生のが欲しいです』

突如、大開脚した少女が映し出された。

少女の顔は項垂れていて顔はわからない。しかし、輪郭などから、彼女が美少女だということは見て取れた。

しかも、当校の生徒だった。なぜならセーラー服が桜岡学園の特徴的なセーラーカラーだからだ。半袖の夏服で、高等部のバッジがセーラー襟についていた。背景はこことは同じ理科室だ。少女はパンティを脱いで股間を露にしていた。

高校生なので、太腿の肉づきはやはり大人のそれに近かった。

しかし、少女が股間から手を離すと、そこに本来あるべき飾り毛がまるでなかった。

『ちゃんとオナニーでイクことができたら犯してやろう』

『恥ずかしい……』

『じゃあ、これを使うがいい』

少女の股間に向かって、模造男性器が放り投げられた。

そのとき少女が顔を上げた。その顔を見て、柚菜は息が止まりそうになった。

「先輩!?」

高等部二年の津田七海《つだななみ》だった。七海もまた陸上部に所属していた。二人は同じ短距離走の選手という共通点もあり、謂《い》われのない誹謗中傷で先輩受けの悪い柚菜にもよくしてくれた。

しかし、半年前に怪我をして以来、休部していた。スポーツ特待生で入学してきた七海は、それ以上学校にいられず、夏休みに転校したという噂だった。だとすると、この映像は一学期のものなのだろうか。

七海は目の前にある張形を手に取り、アイスキャンディを舐めるように唾液を塗《まぶ》し、自分の無毛の割れ目に押し込んでいく。最初はためらいがちに動かしていたが、徐々に出し入れする速度が上がり、ストロークも大きくなった。

『あぁ、先生……七海のオナニーを見てください』

『そんなんで恥ずかしくないのか?』

『は……恥ずかしいのが好きなんです。見られながらオナニーするのが気持ちいい』

七海はそう言うと自分の膣に張形を押し込んだり、ひねったりを繰り返した。

(これが、あの七海先輩なの?)

柚菜は同一人物とはとても信じられなかった。

陸上部では真剣な顔の七海しか見たことなかったからだ。しかし、スクリーンの中の七海は口を半開きして、口の端から唾液をこぼし、眉根をハの字に垂らしている。潤んだ目は焦点を失い、なんとも言えない妖しい表情をしていた。

『あ、あ、あんん……くぅん』

柚菜は昨日の自慰を思い出し、自分も同じ表情をしていたのではないかと思うと、恥ずかしさで身体が火照ってきた。顔を逸らした瞬間、部屋の明かりが灯《とも》った。

「意外だな。まさか食い入るように見るとはな」

準備室から三脚に固定したカメラを運び入れながら、黒沼が破顔した。普段の授業で見せるような表情だったので、余計に気持ち悪かった。気がつくと、カメラが三台、柚菜の周りを取り囲んでいた。そのうち一台は隣の実験台に載せられ、斜め上のアングルからこちらを撮影しようという目的のようだった。

「な、何をする……つもりですか?」

悪徳教師の狙いはおおよそわかるが、考えるのが怖かった。声が上擦り、舌が縺《もつ》れてぎこちなくなった。

別のカメラは柚菜の真っ正面からのアングルを狙っている。

「スカートの中が丸見えになっているぞ」

「いやぁ」

指摘を受けて、柚菜は脚を閉じた。

「中学生にはまだまだ恥じらいというものが足りないな」

そう言って、黒沼はスカートのホックを器用に外していく。手慣れているのだろう、あっさりとスカートを奪われた。

「ひぃ」

全身の汗腺が一気に開いたような羞恥に苛まれた。

「ほぉ、ユニフォームか」

下着姿を見られずにすんだのだが、それも時間の問題だった。ユニフォームのショーツは残念なことに男を悦ばせるだけだった。黒沼が遠慮なく、太腿の付け根とショーツの境目を指で触れてきた。

「やめてください！」

黒沼の顔を蹴ろうとしたが、簡単にかわされ、腋《わき》の下で脚を押さえ込まれた。そして内腿をぺろりと舐められた。

「汗の味がする」

「ひぃ！」

「ははは、鳥肌が立ってきたぞ」

「こんなことしたら犯罪ですよ」

「犯罪とは穏やかじゃないね。これは愛だよ、愛」

黒沼の一方的な主張に怒りを覚えた。

柚菜が黙っているのをいいことに、黒沼はさらに持論を展開した。

「俺は一年ごとに愛情を注ぐ相手を何人か選ぶんだ。中等部の担任へ異動したのも、君がいたからだ」

ということは中学一年生の頃からターゲットにされていたのだ。

「中学生なんてこれまでガキだと思って食指が動かなかったが、柚菜には愛情を注げると思うよ？」

「勝手なことを……こっちには……好意なんてありませんから」

「勘違いしちゃいけないな。愛情と言っても、いろいろある。対等な恋愛関係ばかりが愛情ではない。ペットに注ぐのも愛情だろ？　柚菜には俺のセックス用のペットになってもらう」

「……せっ、セックス……ペット!?」

明らかに人間の尊厳を踏み躙《にじ》った発言に目眩《めまい》がした。その隙をつかれ、スポーツショーツを一気に引き下ろされた。

パンティはかろうじて腰に絡んだままだった。

「おお、予想どおり白だったか……だが、木綿製じゃないんだな」

黒沼は純白のパンティをしげしげと眺めていた。ビキニタイプで股間にぴったりフィットしていた。生地はサテンで光沢があり、サイドには三センチほどのフリルがついている。リボンもフリルと同じピンク色だ。

中学生にしては大人びたパンティなのは、ユニフォームを着たときにハミパンしないようにするためだった。

「いや、見ないで！」

柚菜は手を伸ばそうとした教師の肩を蹴った。

「おやおや、ずいぶん反抗的だな。そのほうが調教しがいがあるというものだ」

部屋が明るくなったが、スクリーンにはぼんやりとした映像が流されつづけていた。甘い喘ぎと媚びる声が聞こえてきた。

(これまでいったい何人の女の子を……)

柚菜は本棚に並べた膨大なＤＶＤを思い返し、ゾッとした。内腿をキツく密着させてパンティを隠した。

「これはペ、ナ、ル、ティだな」

「……」

柚菜が睨みつける目を男はジッと見つめ返してくる。瞳の奥には嘲笑や侮蔑《ぶべつ》の色が宿っている。

「美しいオッドアイだ。こんなに長時間、視線を外さなかったのは、おまえが初めてだ」

そう言うと、黒沼は教室の奥へと消えていった。戻ってきたときには、金属の拘束棒を手にしていた。それを脚に固定されると、股を閉じようとしても、強制的に開脚のままになってしまう。

爪先がギリギリ実験台に触れるか触れないかという辛い姿勢にさせられ、脚が痙《つ》りそうになる。

黒沼は鋏をこれ見よがしにかざしてカチカチと刃を開閉させた。

「やめて!」

制止の声を無視して、黒沼はパンティを摘まみ上げ、両サイドの生地を切断した。ただの布きれとなったパンティをゆっくりと剝ぎ取った。

「うーん、これが中学生のオマ×コか」

口笛を吹くような軽快な声だった。

「見ないで、見ないでよ！」

拘束された柚菜は手枷から伸びた鎖が首輪に繋《つな》がっているため、俯くことも背中を丸めることもできなかった。そのため、縦長の形のいい臍も、その下にある頼りない繊毛も丸見えになっていた。

だが、楕円形に生えた春草は薄く、恥裂を隠すには不十分だった。

「いやぁ、見ないで」

「じゃあ、これにしよう」

黒沼はそう言ってカメラを近づけてきた。すでに録画モードになっているのだろう。レンズのピントを合わせるモーター音がかすかに聞こえた。

「いやぁ、撮らないで！」

「割れ目がしっかりと映っているぜ」

小さい割れ目には繊毛がなかった。大開脚しているというのに、陰裂は完全には開いているわけではなく、ダイヤモンド形の花唇を覗かせているだけだった。完全に包皮を被った肉豆は米粒のように小さく、膣の穴は針の穴のように窄まったままだだった。

「これは調べるまでもなく、処女だな」

「触らないでください」

無防備に晒された陰裂に黒沼が触れた。小作りな大陰唇を摘まんで引っ張り、花唇を無理やり開いた。淫核の三角フードは、それでもまだ先端を閉じたままだ。黒沼は指先を舐めてから、クリ包皮を撫でた。

「ひぃいい！」

「これが、中学生のクリ包皮か……まったく捲れないじゃないか」

黒沼はクリ包皮への刺激を繰り返した。興奮しているはずなのに、決して慌てない手つきから、この教師がどれほど悪行を重ねてきたかが伝わってくる。

「いやぁ……やめてぇ！」

ゆっくりとだがクリ包皮が剝かれていった。好き勝手に弄《いじ》られる屈辱は耐えがたいものがあった。だが、嫌悪感とは別の感覚も生まれていた。そこには昨日の射精に勝るとも劣らない痺れるような快楽の気配があったのだ。

「どうやら、オナニーも経験がないようだな」

「……んん」

柚菜は答えられなかった。

昨晩、男根をしこたましごいて、白い牡汁を撒き散らしたなどとは言えるわけもなかった。

（私が……昨日、あんなにはしたないことしたから……これは罰なの？）

しかし、単純に黒沼が教え子を毒牙にかける下劣な男であり、柚菜がターゲットになっただけの話である。

柚菜は微かな理性でそう考えたが、状況は改善されないどころか、窮地に追いやられる一方だった。

4

「やかましいな」

室内に響いていた七海の音声を喘ぎ声を黒沼が消した。

そして、筆らしきものを手にした。それは明らかに使い込まれたもので、先端が茶色く染まっていた。

薬液をシャーレに注ぎ、筆に染み込ませると、クリ包皮の表面に塗っているようだった。その後、薄い包皮を根元まで剝き上げて、指で押さえた。

「ひぃ、何するの！」

柚菜は暴れたが、身動ぎすると男の指が淫核に触れることになり、身体に電流のような刺激が走った。

「こりゃ、驚いたな。オナニーをしたことないのに、濡れてるじゃないか」

「……変なことはやめてください」

「変なことなんてしないよ？　これは医療用の接着剤というやつで、こうして常にクリトリスが顔を覗かせたままにしてやっているんだ」

ほんの少し触れられただけで、痛みを伴《ともな》う感覚は肉棒で自慰をしたときの快楽にも引けをとらないものだった。

「そのうちパンティを穿いて、歩くだけでマン汁を垂らすようになる。俺のが欲しくなるぞ？」

「そ、そんなことにならないわ！　早く手を離して」

「よしよし、そろそろいいだろう」

黒沼が手を離したが包皮が元に戻ることはなかった。淫核が恥ずかしげに尖ったままになっている。

「さて、次だ」

黒沼がさらに怪しげな装置を持ち出してきた。プラグをコンセントに差すと、電源が入って唸りはじめた。機械からはコードが出ていて、その先端は半田鏝《はんだごて》のようになっている。

「これは俺が自作した脱毛ニードルだ」

そう言うやいなや、陰毛を摘まみ根元に針を突き刺した。それだけでも痛かったのに、ジュッと皮膚の奥を灼く感触が襲ってきた。

「いたぃ!!」

「叫べ、叫べ！　この理科室でどれだけ騒いでも、誰も気づきはしないぞ」

数本の繊毛を摑むと、慣れた手つきで次々と灼いていった。

「痛い、痛いわ！」

「暴れれば、手元が狂って深く刺さることになる」

「……ひぃ」

さらに陰毛を灼かれ、焦げた嫌な臭いがした。その痛みと恐怖で柚菜はやがて哀願を始めた。

「もうやめてください……」

「さっき映像で見ただろう？　俺の奴隷はパイパンと決まっている」

「……パイパン？」

柚菜はかすれた声で聞き返した。何がおかしかったのか、黒沼がニヤリと笑った。

「専門用語はまだ難しいか」

黒沼は柚菜の陰毛を無造作に撫でまわした。春草が絡み合う軽快な音が響く。柚菜は生きた心地がしなかった。

「……うぅ」

「ここのお毛々を明日から丸坊主にしてくるんだ」

「いやぁ」

柚菜は目を見開いた。自分で生えはじめたばかりの陰毛を処理することなど考えられない。しかし、黒沼はそんなことはおかまいなしのようだ。

「ざらつきが少しでもあれば、これで永久脱毛してやるからな」

「んん」

恥丘を針でチクチク刺して、柚菜を脅した。

「わかったな？」

「……」

「返事は？」

少し深く刺され、通電された。

「いぎゃぁ！　は、はい。わかりました」

「明日、剃った毛を持ってくるんだ。コレクションに加えてやろう」

返事をしないでいると、再び針を近づけてきた。

「わ、わかり……ました」

「よしよし」

黒沼は電気針を片付けて、柚菜の頭を撫でた。それはまるで飼い犬に対する接し方にしか見えなかった。

「痛い思いをさせて悪かったな。そのうち、それで悦ぶように躾けてやる」

「躾なんて」

「これは最初だから鞭だけでなく、飴もくれてやろう」

「……もう帰してください」

「暴れないなら、足枷を外してやるぞ」

黒沼はこっちの話をまったく聞いていなかった。

ビデオカメラを近づけて柚菜の顔をアップで撮っているようだ。

「……外して」

「口の聞き方が気に入らないな」

「うう、外してください」

柚菜は懇願したが、無理に大股開きの姿勢で抵抗したので、付け根が痛かった。

約束どおり足枷は外された。それどころか、水栓に繋がれていた手枷も外された。

残ったのは首輪だけで、それは水栓につながれたままだった。

柚菜は立ち上がることができず、実験台で四つん這いになるしかなかった。

「尻をこっちに向けろ」

「……」

「ほら、返事はどうした？」

たちまち発展途上の美尻をスパンキングされた。目尻から涙が零《こぼ》れた。痛いから泣いているのではない。叩かれてヒップを黒沼のほうに向けてしまう自分の弱さが悔しかったのだ。

（子どもの私がどんなに頑張ったって大人に敵わないわ……）

言い訳の言葉が頭の中に浮かんでは消えた。

（そうやって諦めるの？　ダメよ。挫《くじ》けちゃダメ！）

だが、そうは言ってもたやすく逃げることなどできないことは明らかだった。

「尻の穴も丸見えになっているぞ?」

「見ないで……」

隠そうとした手を叩かれた。

セーラー服しか着ていない柚菜が振り返ると、黒沼の顔が近づいてきた。腰を摑まれさらに引き寄せられた。いきなり割れ目に強烈に吸いつき、舌を這いまわしてきた。

「だ、ダメです……あぁ、くひぃ、ダメ」

あそこを愛撫されるなどもちろん初めてのことだった。不浄な部分を他人から舐められることなど考えたこともなかったため、心理的な衝撃が大きかった。

肉棒をしごいたときの感覚は男根から脳天を突き上げるものだったが、今の感覚は子宮で渦を巻き、全身にじわじわと拡がっていく刺激だった。快楽に男女差があることを知って柚菜はさらに戸惑った。

「やめてください……あひぃ、ぁぅ」

「中学生は愛液も少なくて淡泊な味わいかと思ったが、おまえは濡れやすい体質みたいだな。もう何カ月も調教した女のように濡れるし、こんな美味いラブジュースは初めてだ」

「いいやぁ、気持ち悪いこと言わないで」

「褒めてやってるんだ」

教師の愛撫が淫核に集中しだすと、柚菜はさらに身を捩った。

舌が膣口から溢れた愛液を絡めとり、淫核に塗して唇で甘嚙みしてくる。かと思うと、舌を高速で動かし、牝芯を執拗に嬲《なぶ》ったりと変幻自在に責めてくる。

いつしか、肉豆が硬く尖ってきた。勃起に近い状態だ。それを確認したのか、責め方がさらに荒々しく変化した。起き上がった淫核を舌で潰したり、サンドバッグのように弾いたりとやりたい放題だ。

「んんん……いやぁ」

鋭い痛みとともに、背筋に震えが走り、後頭部が疼くような甘い快楽が走った。

「遠慮なくカメラに向かって喘ぐんだ」

「いやぁ……いやなのに、くうぅん」

「俺のために処女をとっておいたご褒美にイカしてやるよ」

「……先生のためじゃない」

「ははは、つれないこと言うな。これから親密な……肉体関係を築いていくというのに」

「教師がそんなことを言うなんて……」

「ルールやモラルは弱者が自己防衛のために作り上げたまやかしさ。そんなもの、強者には何の意味もない」

身勝手な持論を臆面もなくぶちまけた黒沼は、さらに柚菜の陰裂にむしゃぶりついた。

わざと卑猥な音をたてて、無垢な媚肉に唾液を擦り込んだ。

「あ、あぁん、いやぁ」

「処女のくせに、よく濡れるやつだ。こりゃ、将来どんだけ好きものになるか愉しみだ」

「くぅ」

黒沼は膣口に舌を押しつけて、クルクルと回転させた。

男の髭が媚肉にチクチクと刺さる。特に淫核に刺さると鋭い痛みがあった。

剝き出しにされてしまったからかわす術《すべ》はなかった。肉豆を咥えると、唇で甘噛みを始めた。柚菜は身の毛もよだつ恥虐に噎《むせ》び泣いた。しかし、いっさい攻撃の手を緩めず、肉芽の先端を舌先で擽《くすぐ》りだした。

「あぁ、あぐぅ……だめぇ、あ、あん」

「どうだ？　感じるだろう？」

「んんん」

柚菜は激しく頭を振った。

首輪に繋がれた鎖がむなしく揺れ、その重みが柚菜をいっそう惨めな気持ちにさせた。それなのに、身体は柚菜の気持ちを無視するかのように、新たな感覚のうねりに抗《あらが》うどころか順応しようとしていた。全身の汗腺が開き、汗がドッと噴き出した。腰が自然と弓反りになり、セーラー服が張り付いた。

「やめてぇ……おかしくなる」

絶頂が近いことがわかった。

強烈な官能のマグマが、全身の細胞を覚醒させているようだ。

（やだ、やだ、やだぁ、感じちゃう。いやぁ）

血が出るほど噛みしめないと、甘い声が零れてしまいそうだ。

心で抵抗しても、クリトリス責めはエスカレートしていくばかりだった。エクスタシーが迫った瞬間、血が沸騰した。閉じた瞼の裏が白く輝いた。

「あああああッ！」

「イクと言うんだ」

「あ、あひぃ、イク……」

「もっとだ。もっと言え。カメラに向かって言え」

髪を引っ張られ、無理やり顔を上げさせられた。

目の前に無機質なレンズが光っていた。

「イクッ、イクゥ、イ、イゥ、イクゥゥゥゥゥッ！」

悶絶したかのように芯から身体が震えた。

特にヒップが激しく痙攣した。膣道に熱いものが流れるのを感じた。

「初絶頂は最高だっただろう？」

まるで成績優秀な生徒を褒めるように、黒沼は満面の笑みで柚菜に囁き、強引に口を吸った。

あっけなくファーストキスを奪われ、舌の侵入まで許してしまったが、絶頂の余韻とともに敗北感で放心状態の柚菜はされるがままだった。

5

「……もうやめてください」

柚菜はかすれた声で悪徳教師に懇願した。

しかし、男はカメラの位置をセッティングしなおしただけだった。

「おいおい、処女を守ってきた褒美に少し気持ちよくさせてやったら、すぐに甘えやがって。おまえは俺を悦ばせるセックス・ドールだってことを忘れなよ」

「……」

自分勝手な言い分にいちいち腹を立てることもなくなっていた。

すでに恐怖を怒りでごまかすことはできなかった。自分の運命をこの男が握っていることを理解していたのだ。

「……許してください。お願いですから……もう帰してください」

「少しは立場がわかったようだな。これからもっと躾けてやろう。授業中にお漏らしができるような従順な奴隷にしてやる」

黒沼はそんなことを嘯《うそぶ》いた。

この教師は神聖な学校で堂々と服を脱いでいく。

鍛えられた胸板を見ると、研究職の父親とはまるで違って逞しかった。黒沼の身体は全体的に筋肉質で、盛り上がっていた。そして、一気にズボンと下着を脱ぎ捨てると、禍々《まがまが》しい肉槍が現れた。

それはすでに天を衝くように反り返っていて、瘤《こぶ》のように盛り上がった亀頭がひくひくと蠢いていた。

「ひぃ！」

柚菜は思わず悲鳴をあげた。

自分のペニスとはまるで別物だった。

黒光りした肉竿は柚菜のものより二回りは太く、自分の上腕くらいはあるのではなかろうか。

「どうだ、初めて見るだろう？」

「あぁ、あ、そんなの無理です……」

「これをどうするかわかっている口ぶりだな」

黒沼はいつのまにかラケットのようなものを手にしていた。

そして、躊躇《ちゅうちょ》なくそれで柚菜のヒップを叩いた。

「気持ちいいだろ。これはパドルというんだ。ほら、上を向いて、俺を迎え入れるように股を開け」

「いやぁ！」

「椅子に座れないほど腫れることになるぞ？」

さらに力を込めてお尻を叩いてきた。

圧倒的な暴力の前に、柚菜は泣くなく股を開いていった。

「最初からそうすればいいんだ。そうすりゃ、痛い思いをしなくてすんだものを。これから苦痛や羞恥を味わうたびに、股を濡らす身体に造り換えてやるから安心するがいい」

黒沼は柚菜の身体を引き寄せた。柚菜は必死で男を押し返そうとしたが、無駄だった。

体重をかけられると、柚菜の抵抗などなきに等しかった。肉棒が膣穴に押しつけられ、何度か穴からそれて腹の上を這った。黒沼はクツクツと笑っている。柚菜に強い恐怖を植えつけようという企みなのだ。

「では、お待ちかねの初体験といこうか」

「ひぃ！　お願いですからそれだはやめてください」

「好きなだけ泣いていいぞ？　初体験とはそういうものだから」

そう言って何度も腰を前後に動かし、肉槍を恥丘に擦りつけた。そのとき、でこぼこした裏筋が淫核を押し潰した。

柚菜は膣壺から蜜汁が溢れるのを感じ、自分の身体に裏切られた気持ちになった。

(どうして濡れるの？　私はこんなエッチな女の子じゃないのに)

そう思うと嗚咽《おえつ》を零した。

頬に流れた涙を、黒沼に舐められた。

「そろそろいくか」

「いやいやぁ！」

亀頭が柚菜の膣口に密着させられた。今度は、ズレないように肉竿を摑んで照準を定めている。

少し身じろぎしただけでその隙をついて侵入してくるのではないかと思うと、恐怖のあまり動けなかった。そうしているあいだに巨大な亀頭がじわじわとねじ込まれはじめた。

「痛いぃ！　入れないでぇ！」

まだ生理も来ていない膣道を無理やりこじ開けられ、肉が裂けるような痛みに思わず悲鳴をあげた。

「わかるか？　これが処女膜だぞ」

黒沼が腰を小刻みに揺らした。亀頭はすっかり埋まっているようだった。

肉槍の先端に押し拡げられ、身を引き裂かれるような激痛が走った。処女膜と言われても自分ではピンと来ないが、ロストバージンが痛いのは膜が破られるからだということは知っていた。

黒沼は柚菜が恐怖で震える姿を撮影しているのだから陰湿だ。痛がったり泣いたりすれば、男を悦ばすだけだと柚菜もわかっていたが、味わったことのない痛みには抗えなかった。たまらず首を振りたくってしまう。

「お願いです。もう抜いてください。あぁ、痛い」

「クラスで大人になるのは、お前が最初だろうな」

笑いながら黒沼は、ゆっくりと体重をかけた。

痛みはさらに激しくなった。そして、ついに処女膜が破れた。その瞬間、急激な鋭い痛みに襲われた。

しかし、苦痛はそれで終わりではなかった。狭隘《きようあい》な穴に杭を打ち込まれ皮膚を引き裂かれるような激痛が続いた。

「あぐぅうう！」

「奥まで入ったのがわかるか？」

亀頭の先端が子宮口に接吻した。

柚菜は頭を摑まれ、結合部を無理やり覗かされた。まだ、肉竿が半分近く見えていた。

驚愕している顔を覗き込みながら、黒沼はさらに深く挿し込んできた。

「ひぃ……もうやめてください！」

だが、膣内でドクンドクンと脈動するペニスが存在を増していくばかりだった。

「初体験の感想を言ってみろ？」

すかさずカメラを向けてきた。

「いやです……撮らないで……」

拒絶すると、黒沼が抽送を開始した。慣れかけた疼痛が再び強くなった。

「出席番号と名前を言ってみろ」

黒沼はさらに耳元に卑猥な言葉を囁いた。

本来なら絶対口にしないのに、苦痛のせいで柚菜は操り人形のように話しはじめた。

「桜岡学園……中等部二年……C組。出席番号十三番、し、白石……柚菜。十四歳で……初オマ×コを先生に捧げました……」

「それだけか？」

急所を抉られつづけた柚菜は、教えられた言葉を捨て鉢な気持ちで口にした。

「……先生のオマ×コ奴隷として、いつでもご自由に使ってください」

言い終えると、柚菜の目から大粒の涙が溢れだした。

将来、自分の処女は愛した男性に捧げると漠然と信じていた。しかし、現実は違った。好きでもない男に無惨に奪われてしまったのだ。

初めての男のことは忘れられないというが、黒沼の存在が柚菜の心に永遠に刻み込まれてしまうのだろうか。

「そろそろ俺も愉しませてもらうぞ」

「ま、待ってぇ……」

黒沼が腰を動かしはじめた。

「さすがに中学生の牝穴はきついな」

「痛い……くぅ、痛いです」

「最初は感じられないだろうが、いずれチ×ポを見るだけで欲しくなる肉体になるはずだ」

黒沼はセーラー服の上から乳房を揉みはじめた。

「うぅ、本当に身体が壊れてしまいます……あぐぅ、痛い」

「痛みが強い娘ほど、感度が高いんだ。調教したらセックス狂いになる。七海も最初は泣きじゃくっていたが、見てのとおりだ。おまえは七海よりも優れた牝奴隷になる素質がある」

「そんなのいらないです」

黒沼はセーラー服越しに小振りの乳房を激しく揉みしだきだした。それに合わせて、ピストンの速度を速めていった。たちまちヌチョヌチョと卑猥な音が聞こえはじめた。

恐るおそる結合部を見ると、破瓜《はか》の鮮血が肉竿に纏《まと》わりついていた。

「ひぃ……あぁ、嫌ぁ！　いやぁあ！」

柚菜はこの現実を認めたくなかった。だが、黒沼は逆に認めさせるべく、さらにストロークを大きくしてくる。極太の肉棒を腹の奥まで侵入させ、突き上げるようにねじ込んだ。腹部がわずかに内側から押し上げられた。

「少しサービスしてやろう」

黒沼がセーラー服を捲り上げ、ユニフォームの上着を露にした。それも捲ると、さらにブラジャーが現れた。

「なんだ、ブラしているのか。これからはノーブラ、ノーパンで部活に参加することだな」

ブラジャーも上方にずらすと、片方は揉みしだき、もう一方にむしゃぶりついた。

「うぁう、やめてぇ、気持ち悪い」

「さすがにここはまだ未発達か。これから俺が揉んで大きくしてやる。十五歳くらいまでに乳腺の発育状態で、胸のサイズが決まるからな」

「いやぁ」

「俺の好きな巨乳になれよ」

男の手に簡単に隠さてしまうほどの小さい乳房をねっとりと揉みしだかれた。小豆のような乳首も指で転がされ、舌で舐めまわされた。ピンク色の乳頭に唾液を塗され、妖しげに輝いた。捏ねる指の勢いが次第に増していく。

「んぐんん、ああ、くすぐったいです」

「まだ、感じるまではいかないか。だが、くすぐったいなら、そのうち感じるようになるだろう。本当におまえの身体は無垢で開発のしがいがあるってもんだ」

「うぅ……」

もはや言葉さえも出なかった。

「俺も気持ちよくなれて、おまえも奴隷の快楽を味わうんだから、ウィン・ウィンだろう？　本来なら授業料を取ってもいいくらいだ」

黒沼は勝手に妄想して昂奮しているようだった。その証拠に、ピストンがいっそう激しくなっていく。

静脈がのたうちまわった禍々しい肉茎で膣襞が摩擦されていく。疼痛は依然として強いが、それと同時にわずかながら新しい感覚が芽生えはじめていた。それは小さく、まだ快楽というはっきりした形はなしていなかった。

（お願い……早く終わって……）

恥骨をガンガンぶつけられ、柚菜の頭が上下に揺れた。

「もう……終わりにして……ください」

「よし、中にたっぷり出してやろう」

荒い息を吐きながら、黒沼は乳房を鷲掴みにした。

「だめぇぁぁぁぅ」

痛みに身体が硬直した。それと同時に膣道が狭まっていくのを感じ、肉棒を食い締めてしまう。それが心地いいのだろう。

黒沼がわざと抽送のタイミングに合わせて、乳首を握り潰し、狭まった膣道を無理やり何度も押し拡げようとする。

「処女のキツさは今だけだからな。たっぷりと愉しませろ」

「痛い……あくぅ」

「おお、オマ×コの襞が絡んでくるぞ。こいつは鍛えたら名器になるぞ」

「くひぃ、壊れちゃう……あぁ、痛い！」

「よし、そろそろ出すぞ」

「ひぃ……赤ちゃんができちゃう」

「できたら、堕ろしたらいい。いや、一度、奴隷の証《あかし》として妊娠してみるか？」

黒沼は唾液を飛ばしながら、自分の言葉に陶酔しているかのように激しく動いた。ひときわ強く押し込むと、ピタリと動きを止めた。

柚菜はようやく終わったのだと安堵した。その瞬間、ペニスが胎内で躍動を始めた。昨日、自慰で放出した白濁液を今度は自分の膣中に吐き出されていた。

「吸い取られるようだ。こいつはすごい。中学生のオマ×コは最高じゃないか」

黒沼は吠えながらピストン運動を再開した。今までと違い、リズム感も何もないがむしゃらな動きだった。

しかし、それが柚菜の幼い快楽を少しずつ目覚めさせた。膣襞に作られた無数の擦過傷に、灼熱の精液が沁み込んでいった。

女にされたという事実が、柚菜に諦めの気持ちを植えつけた。

最後の一滴まで打ち尽くした黒沼は、半勃ちになった肉棒を引き抜いた。さっきまで股を開いていても閉じていた膣穴が、口をぱっくり開いているのがわかった。

「ほら、起きろ」

柚菜は強引に上体を起こされると、股間を覗き込まされた。目の前にはカメラがあった。

ロストバージンの証である赤いものと、湯気がたつほど濃厚な白濁液がドロリと実験台に滴った。

「あぁ、イヤあぁ」

柚菜は顔を覆って泣くしかなかった。

「これで、明日からどうすればいいかわかったな？」

黒沼の囁きが柚菜の心臓を鷲掴みにした。

（私……これからどうなるの？）

ただ一つ確かなことは、薔薇色の学園生活はこの男に踏み躙られたということだった。

第二章　全校集会での公開排尿

1

柚菜の学園生活が一変し、地獄と化した。

処女喪失から一週間が経過したが、黒沼から理不尽なルールを課されていた。

朝早く登校すると、別館の理科室に行かなくてはならなかった。準備室の清掃をして、出勤してくる黒沼にすぐに紅茶を淹《い》れなくてはならない。

「先生……どうぞ」

ソファで寛《くつろ》いでいる黒沼の前で膝をついた。

ティーポットから紅茶を注ぐ。なんとかという高級ブランドのカップに、いかにも高そうな茶葉を使用する。教師にしては金銭感覚が狂っているようだ。紅茶の淹れ方ひとつとっても、気を遣わなくてはならなかった。一口飲むまで、柚菜は緊張しっぱなしだった。今日の黒沼は眉間に深い皺を寄せた。

「何度教えたらわかるんだ？　お湯が沸騰してすぐに淹れたら、茶葉がジャンピングしないと言っただろう？　これではお湯に紅茶の色をつけただけだ」

「す……すみません。淹れ直します」

「もういい！　チェックとお仕置きが先だ」

黒沼の剣幕に柚菜は身を竦《すく》ませた。

三つ編みのお下げ髪も指定されたものだ。

逡巡《しゅんじゅん》していると、黒沼が顎髭を忙《せわ》しなく撫ではじめた。

「うう……どうか、確認してください」

柚菜は顔を背け、スカートを捲り、パンティを膝付近まで下げた。わざと最後まで脱がさず、クロッチの部分も黒沼に見えるようにしておくことも屈辱的なルールの一つだった。

パンティも黒沼が用意したもので、白無地の綿製だった。背伸びしたい思春期の女の子にとって、小学生を思い出させる子どもぽいパンティを穿くのは、恥ずかしくてたまらなかった。

黒沼は丸見えになっている股間に手を伸ばした。

「何か言うことはないのか?」

「……パイパンになっているか調べてください」

そう懇願をすると、黒沼がついに恥丘に触れてきた。

ふっくらとした土手を押し込むように指を這わせてくる。少しでも指腹にざらつきを感じれば、厳しい懲罰を受けることになる。毎朝、浴室で脚を開き、股間に剃刀を這わせるのは惨めだった。

「奴隷の身嗜《だしな》みがしっかりしてきたな」

「……ありがとうございます」

黒沼は褒美でも与えるように、柚菜の淫核を撫でた。

快楽の疼きを感じ、柚菜は膣内が蠢《うごめ》くのがわかった。

(うぅ、いつになったらこの接着剤は取れるの?)

常に剝き出しになっている淫核は、この一週間ですっかり快楽器官として覚醒してしまった。黒沼の口や指による愛撫や筆、ローターで開発されたのだ。つらいのはパンティにいつも摩擦されることだった。授業中であろうがなかろうが、不意に淫乱な妄想に取り憑かれ、パンティが濡れてくるのがわかった。

日常生活への影響はもちろんのこと、部活にも支障があった。なにしろ激しく走ればひどく濡れてしまうのだから。体調を崩していると勘違いしたコーチや早苗が心配してくれるが、本当のことを言えるわけもなかった。

放課後にはパンティにしっかりと染みができている始末だった。

理不尽なことに、それを黒沼に見咎《とが》められ追及されることになる。

「俺とセックスしたくて、授業が終わるのを今か今かと待っていたんだろう？」

違いますとは答えられるわけもない。黒沼が描いた筋書きに従うしかなかった。そうして繰り返し犯されるのだ。そのすべては撮影され、どんどん弱みが増えるだけだった。

「……」

「だんまりか？　昨日はあんなに喘いだのにな」

「それは言わないでください」

消え入りそうな声で訴えたが、カメラを持ってくるよう命じられ従うしかなかった。液晶モニターには昨日録画された映像が映し出された。理科室の実験台に上半身を預け、お尻を突き出した柚菜の姿があった。

陸上部のユニフォームの上着は捲り上げられ、乳房が実験台に押し潰されていた。

下半身はショーツを着用したままだ。背後から柚菜にのしかかった黒沼がいきり立ったペニスを割れ目に挿入していた。

ショーツの股間部分はご丁寧に鋏で切り抜かれていた。

『くん……んんぁあ』

『どうだ？　ようやくセックスの快感がわかってきただろう？』

『いやぁ……あうんん』

自らの甘い喘ぎ声を聞いて、柚菜は消え入りたい気持ちになった。

（なんて恥ずかしい声を出しているの……）

予想以上に媚びた声に、柚菜は直視できなくなった。なぜなら、昨日は……。

「初めて絶頂に達したんだから、次のステップに進むぞ」

そうなのだ。この映像の最後には柚菜は極めてしまったのだ。どんな痴態を晒してしまったのか、柚菜にもわからないし、もちろんそんなものは見たくなかった。

「口だけで俺のチ×ポを出してもらおうか？」

「……どうやって？」

「ファスナーを口で下ろすんだ」

ソファにふんぞり返った黒沼の前に跪《ひざまず》き、柚菜は言われるがまま唇でファスナーを引き下げた。社会の窓が開くと同時に、熱気を帯びた牡臭いホルモン臭がぷうんと臭った。さらに柚菜は男の下着に恐るおそる口をつけた。

　密着したパンツの中で、とぐろを巻いた蛇のような男根が息づいているのがわかった。恐ろしくて一瞬ためらった。

「このグズが！」

　痺れを切らした黒沼が自らの手で肉棒を曝《さら》け出した。

　柚菜の目の前に醜悪な男根が聳《そび》えている。改めてその巨大さに目を背けた。しかし、すぐに三つ編みのおさげ髪を引っ張られ、無理やり肉槍に近づけられた。先ほどよりも濃い動物臭に、柚菜は吐きそうになる。

「ちゃんと目を開いて、奉仕するんだ」

「……奉仕って？」

「心を込めて、俺のペニスを舐めて気持ちよくさせることだろ」

　排泄器官でもあるものを口に含めろと言っているのだ。想像したことさえなかった要求に柚菜は唖然とするしかなかった。

　怒張の先端からは、透明な粘液が溢れて裏筋に垂れていった。その結果、ぬらついた野太い肉茎はいっそう凶悪さを増していた。

「……」

「イイ匂いを嗅ぎながら、味も堪能しろ」

おさげ髪を手綱《たづな》のように引っ張られ、柚菜は顔を操られ、亀頭を鼻に押しつけられた。しかも、鼻がへしゃげるほど強くグリグリと押しつけられ、粘っこい粘液を塗りつけられた。

「んんあぁ、やめてください」

「なに嫌がってるんだ。昨日も感じさせてやったペニスじゃないか」

黒沼がカメラを柚菜に見せつけてきた。

後背位で犯されている柚菜の頭がガクガクと揺れていた。

『奥まで当たってます。あ、あぁ、何かくるぅ！』

『どうだ？　感じるだろう？』

『わ、わかりません……でも、お腹の中が、あ、あうぅ、あぁぁ』

さらにボリュームを上げられ、柚菜の甲高い声も挿入音もはっきりと聞こえてきた。

「消してください……舐めますから……」

「舐めるのは当然だ。奴隷らしく、ご奉仕させてくださいと言え」

屈辱的な言葉を復唱させられた柚菜は少しだけ唇を開き、震える舌先を肉棒に伸ばした。パンパンに張り詰めた亀頭を舐めると、口の中に嫌な味が広がった。いや、味覚よりも異性の排泄器官を舐めることへの嫌悪感のほうが強かった。

「もっと気を入れて舐めてみろ。中学生カップルのおままごととは違うんだぞ」

「うぅ……」

「激しく吸ったり、舌を絡めるんだ。ほら、先走り液が零《こぼ》れそうになっている。一滴も溢さないように舐め取れ」

「……はい」

柚菜は言われたとおり奉仕を開始した。

黒沼もおさげ髪を引っ張ったり緩めたりして、強制的に口唇奉仕を続けさせた。

肉棒と陰嚢の付け根から、雁首までゆっくり舐め上げていく。カウパー氏腺液も零れる前に舐め取らなくてはならない。

「あとは自分で工夫してみろ」

「は、はい。わかりました」

黒沼は手持ちカメラで柚菜の痴態を撮影した。

「俺のほうを見ながら舐めてみろ」

「……」

言われたとおりにするしかない。上目遣いで仰ぎ見ると、カメラのレンズに自分の顔が映り、思わず躊躇してしまう。

「さっさとやらないとホームルームに遅れるぞ？」

「うぅ……そんなこと言われても……」

「俺を満足させられなかったら、浣腸してやろう。今日はちょうど一限目に授業がある」

「いやぁ……授業中はやめてください……」

「浣腸は今後のカリキュラムに加えておこう」

「……お浣腸もお許しください……」

どれだけ願っても黒沼は好き勝手にやるだけだ。

柚菜にできることは、彼の機嫌を損ねないようにすることだった。舌を肉竿に押しつけて、懸命に舐め上げた。熱い吐息を吹きかけ、男を愉しませた。一方の自分は男の恥臭を嗅いで、惨めさを噛み締めるのだ。

「なんだやればできるじゃないか」

「ちゅぷ……ちゅ、ちゅぱん」

「先走り液が落ちるぞ」

「んあぁ……ちゅぷ」

柚菜は亀頭に熱烈なキスをして、一滴も先走り液を零さなかった。

ただでさえ屈辱的なのに、黒沼が少し腹に力を入れて肉槍をぴくぴく動かした。それをいちいち追いまわさなくてはならないが、カメラには柚菜が物欲しげにペニスに振りまわされている姿が記録されつづけているのだろう。

「動かないで……ください」

「ヒントをやろう。咥えたら動きを止められるぞ」

「……うッ、口でなんて……」

「下の口で何度も咥えているじゃないか？」

「で、でも」

「やりたくないなら、それでもいい。授業中みんなの前でウンチを漏らすことになるが？」

「それだけは……」

柚菜は思いきって毒茸《きのこ》のような亀頭を頬張った。嵩張った雁首が口のなかで存在感を主張している。すぐにでも吐き出したかったが、浣腸に比べたらましにちがいない。

「そうだ。やればできるじゃないか」

「んむぅ……んちゅ」

「次はこれを参考にして男の歓ばせ方を学ぶがいい」

ふと横目で見ると、昨日のセックス映像が飛び込んできた。

黒沼に腰を摑まれ、ユニフォームのショーツを穿いたままペニスを打ち込まれていた。かなり終盤のようで、二人とも汗塗《まみ》れになっていた。柚菜は大きく口を開け、唾液が頬に垂れていた。

「んん……むちゅ、んん……ちゅぷ」

鋼《はがね》のように硬い男性器を柚菜は一気に呑み込んだ。長大な肉竿の三分の一も隠れていないのに、亀頭が喉に押し当たり、反射的に吐き気がした。しかし、吐き出すわけにもいかず、我慢して頭を前後に動かした。

「さすがは優等生だけあって、察しがいい」

「んぐぅ……んんん」

先走り液がとめどなく口の中に流れ込んでくる。口腔内は牡ホルモン臭で充満し、えずいて涙目になる。

「ちゃんと映像を見てみろ？　そんなにスローペースか？」

「うぅ」

柚菜は三つ編みが肩を叩くほど、前後に頭を動かした。

野太い肉砲が勢いよく出入りすると、顎が外れそうになる。頰が引きつって、唇と肉竿の合間に隙間ができた。そこから唾液が噴き出し、首をつたって冬用のセーラー服を汚した。

『おお、チ×ポが吸い取られそうだ』

動画内の黒沼が吠えるのに合わせて、柚菜は頰をすぼめて肉棒を強く吸った。ドロドロと泥水のようなカウパー氏腺液が流れ込んでくる。

『チ×ポが子宮を押し潰しているのがわかるか？』

『お腹の中が苦しいです。でも、あ、あぁ、なんか……来る！』

動かないと言っていた黒沼だったが、再び髪を力いっぱい引っ張った。そのせいで、肉棒が細い喉に飛び込んだ。空嘔吐が断続的に続き、窒息してしまいそうになる。

『イクぞ！　中に出すぞ！』

「出すぞ！　おおお、出るぞ。出るぞ。口マ×コの中に出してやる！」

黒沼の射精が映像と現実でシンクロする。

射精直前の肉棒の現象が口の中でダイレクトに伝わってくる。今にも破裂しそうなほど肉茎が膨らみはじめると、いったん動きが止まった。そして、次の瞬間、ぶわっといっそう膨張し白い樹液を激しく噴出させるのだった。

ドピュ、ドピュッ、ドピュ。

口の中に夥《おびただ》しい量の白濁液が吐き出される。

「んぐんんぐうう」

柚菜は苦悶の悲鳴をあげた。しかし、動画の中の柚菜は嬌声をあげていた。

『あ、あうぅ……私も……イク！　オマ×コでイキます！』

柚菜は奉仕で疲れきっていて、快楽などなかった。それなのに膣からは、物欲しげに蜜汁が溢れていた。

自分の肉体と精神の変化に気づき、柚菜は末恐ろしくなる。

「しっかりと味を堪能しろ。ホームルームが終わるまで飲み込むんじゃないぞ？」

柚菜は苦痛に顔を歪めた。

2

処女喪失から十日が経《た》っていた。

フェラチオ奉仕を教え込まれたあと、肉棒清拭《せいしき》も加えられた。今朝も、昨日撮影された動画を見せつけられながら、黒沼に傅《かしず》くしかなかった。動画を観るのは、きちんと復習するためだという。

「物覚えがいいな。これなら二学期が終わる頃には娼婦並みのテクニックが身につけられるぞ」

「……うぅ」

「褒めてやっているんだ。嬉しくないのか？」

腰を押し出され、喉を肉槍で突かれた。屈辱的な質問だが、返答をしないとならない。

「……嬉しいです。これからもご指導をお願いします」

「奴隷の授業は『指導』ではなく『調教』だ」

柚菜は男の濡れた肉槍をしごきつづけ、会話が終わるとすぐに咥え直した。

（朝はまだいいけど……放課後は臭くなるから嫌）

一番惨めなのは事後の奉仕だった。泡立った蜜汁と白濁液がこびりついた肉棒を舐めていると、屈辱の涙が溢れてくる。毎日三度も射精する黒沼の性欲にも苦しめられた。

黒沼が柚菜の額を小突いた。

「もういいぞ」

柚菜は下がった。今日の髪型は指示どおり、額が見えるように前髪をヘアピンで留め、ツインテールにしている。いつも以上に幼さが強調されていた。

それでいて、スカートは脱がされ、セーラー服だけの姿だから禁忌感が増していた。

「……はい」

予鈴《よれい》までにまだ二十分近くあった。こんなに早く解放されたことは今までなかった。何か企んでいるのではないかとつい訝《いぶか》しむ。

「今朝は全校集会があるだろ」

「はい……」

「インターハイに出るらしいな？　どうしてそれを言わなかった？」

「……すみません」

「おまえの飼い主として、一番に悦びを分かち合いたかったんだが。まだ懐かれていなかったのかと悲しい気持ちになった」

無理やり純潔を奪った男に、好感を持つわけがない。

しかし、そんなことを言えるはずもない。

黒沼がボストンバッグを持っているのが気になった。

「あぁ……先生、お許しください。これからはすぐに報告しますから」

「なんだか必死だな？　おまえの卑しい魂胆がわからないとでも思っているのか？」

「……うぅ」

「何を考えているのか正直に言ってみろ」

「……お浣腸を……されると思いました」

「想像たくましいな。おまえは浣腸されてから全校集会に参加すると考えて、股を濡らしたわけか？」

「ち、違います……」

「それが希望ならやってもいいが、今日は前段階の調教だ。さっさとパンティを脱げ」

黒沼は口角を上げて笑った。

柚菜は膝に絡んでいたパンティを脱いだ。黒沼が手を伸ばしてきたので、まだ温《ぬく》もりのあるパンティをしぶしぶ渡した。男はすぐさまクロッチに鼻を近づけた。

「小便臭いＪＣに相応《ふさわ》しい染みもあるようだな」

木綿のパンティにされてから汚れがどうしても目立ってしまう。裸を見られるのとは違う羞恥に晒され、思わず目を伏せた。

黒沼がパンティをジップロックにしまい込んだ。

（パンティをどうするつもりなの？）

疑問を口にできないもどかしさがあった。

「立て」

セーラー服の上着とソックスだけの柚菜は、下半身を丸出しの姿で立ち上がった。

おおむろに黒沼が膣口に触れてきた。

「なんだ、濡れているじゃないか」

「んん……んぅ」

剝き出しの淫核を転がされ、強制的に発情させられた。しかし、その愛撫はすぐに中断された。すると黒沼は本棚からバイブを取り出した。それほど巨大なものではないが、クリトリスも同時に責められるタイプだった。

スイッチを入れて動かして見せた。振動するのはもちろんだが、カニの爪のように、亀頭とクリトリスを責める部位が近寄っては離れるという動きが奇妙だった。

「これはGスポットを開発する特殊なバイブだ」

「……Gスポット？」

「女の膣内にある急所の一つだ。オマ×コを自分で拡げてみろ」

「待ってください……どうするつもりですか？」

「おまえはバカか？　説明しただろう。Gスポットを開発するんだ」

黒沼は無理やりバイブをねじ込んできた。

そしてボストンバッグを開けると、中から謎の錠剤らしきものと水のボトルを取り出した。

「さあ、これを飲め」

「……何ですか？」

「いちいち質問するな。飲まないなら浣腸でもいいんだぞ」

柚菜は仕方なく錠剤を飲み込んだ。きちんと飲んだかどうか口を開けて確認させられた。

（私は……いったい何の薬を飲まされたの？）

黒沼がニヤリとして正解を教えた。

「おまえが飲んだのは利尿剤だ」

「利尿剤？」

「わかりやすく言うと、オシッコを我慢できなくなる薬だ」

「ひぃ！」

「これで全校集会が楽しめるだろう？」

バイブを挿入されたうえ、利尿剤を飲まされた状態で、柚菜に壇上にあがれというのだ。

さすがにまだ変化は起きていないが、意識すると膀胱あたりが気になりはじめた。

「水は全部飲み干せ」

「……でも」

「文句を言うなら、ノーパンで行かせるぞ。バイブをずっと咥えておけるのか？」

黒沼がリモコンを取り出して、スイッチを入れた。

かすかな羽音とともに、バイブが蠢きだした。

「んひぃ！」

バイブは芋虫が這いずるような動きをした。重量があるので膣内からズレそうになる。

「落とすんじゃないぞ？」

「あ、あうん」

柚菜はバイブを膣内に押し込んだ。根元まで入れると、先端部分が膣壺の中程を刺激した。ちょうど淫核の裏側あたりだろうか、前後からバイブで挟み込まれるたびに、得も言われぬ快楽が押し寄せてきた。

（んひぃ……あ、あん、これがＧスポット？）

柚菜は膝が震え、恐ろしいほど大量の蜜汁が溢れ出すのを自覚した。

内腿にはすでに透明な粘液が滴り落ちている。

「卑しい臭いをプンプンさせながら、校長を誘惑するか？」

「あ、あうぅ……ノーパンだなんて……無理です」

いや、パンティを穿いていても、断続的に湧き上がる牝汁をすべて吸収することはできないだろう。さらに不運なことに尿意も一気に高まってきた。

「安心しろ。俺は優しい男だから、特別に用意してやったぞ」

黒沼はそう言うと、ボストンバッグからピンク色の袋を取り出した。外国製品のようだったが、すぐに何かわかった。

取り出されたものは白い生地にウサギの絵柄が描かれていた。オムツだった。しかも、テープで止めるタイプで、明らかに乳幼児用のものだった。

「ひッ……いやぁ」

「おまえなら、ブラよりも、こっちのほうが似合うはずだ」

「私……赤ちゃんじゃない」

「それなら、みんなの前で派手に漏らすがいい」

すると黒沼はＤＶＤを取りだして、パソコンのスロットに入れた。

モニタには体育祭の模様が映し出され、男女ペアで二人三脚をしていた。黒沼が一人を指差して少女はこの男子が好きだったのだと説明を加えた。

（二人とも知らない人たちだから……私が入学する前？）

高等部のカラーである花紺色のハーフパンツだった。他の生徒と違って少女は上着をハーフパンツに入れていた。上着のサイズが小さかったのか、身体のラインが浮き出て、走るたびに乳房が弾むのがわかった。

好意を持っている相手と肩を並べて走りだした少女の顔は沈痛な面持《おも》ちだった。途中で転倒しそうになると、男子に支えられて、なんとか体勢を保ったが、みるみるハーフパンツが濡れていった。

『あああぁ、嫌ああァァぁッ』

黄金水が少女の白い太腿を伝って流れ落ち、グラウンドに水たまりを作った。

失禁をしたのだ。

少女の足首と繋《つな》がっている少年の足も濡れているはずだが、少年は突然のことで硬直したままだった。観客席は静まり返っている。

「傑作だろう。こいつ、勃起しているんだ」

黒沼が指摘したように、確かに少年の股間は膨らんでいた。さらに黒沼が言葉を続けた。

「きっとこいつはお漏らしに興奮する変態性欲者になったことだろうな」

「……ひどい」

「ひどいもんか。このお漏らし娘も満更じゃなかったんだ。卒業するまで、毎月のように授業中にお漏らしして、股を濡らしていたんだからな」

「なんでそんなひどいことを……」

「そういうオーダーだったからな」

「……オーダー？」

「おっと、おまえはまだ知らなくていいことだ」

黒沼は口を滑らせたと言わんばかりに、茶目っ気たっぷりの表情を作った。

思春期の少女が衆人環視のもとで失禁させられることが、どれほどのトラウマになるのか容易に想像できる。しかし、黒沼はそのことに一片の罪悪感も抱いていないようだった。

「で、どうするんだ？」

『見ないで……あぁ、見ないでぇッ！』

パソコンのモニタには、顔を押さえて美少女が泣きじゃくっていた。

彼女は未来の柚菜だった。しかも、それはそう遠くない未来だ。

「……は、はか……ださい」

「聞こえないぞ」

「あ、あう……穿かせてください」

「何を？」

「……あぁ、オムツを穿かせて……ください」

「最初からそう言えばいいものを」

黒沼はソファの上にオムツを置いた。どうやら、そこに座れと言うことらしい。柚菜は従うしかなかった。

お尻を載せてみると、無機質なカサカサした不織布と吸収材の厚みを感じた。生理を経験していれば、ナプキンの感覚に似ていると思っただろうが、まだ月のモノが来ていない柚菜にとっては、それは惨めな幼児用の下着にすぎなかった。

悲しくて腰を捩ると、二重の立体ギャザーが不快だった。

「……あ、あの、これは……」

柚菜は恐るおそる股間で挿入されたままのバイブのことを訊《たず》ねた。

「そのままに決まっているだろう？」

黒沼は笑いながら、手際よくオムツを当てていった。マジックテープをきつく締めると、バイブがちょうどGスポットに当たる位置で固定された。

「んんん」

「これで、いくらでも感じられるな」

スイッチを切ると、男はボストンバッグから白いオムツカバーを取り出した。腰の部分にはチェーンがついていて、ちょうど臍の辺《あた》りに南京錠が付属していた。

3

全校集会では、校長のいつもの長話が続いていた。

柚菜はクラスの列に並んでいた。利尿剤が効いてきて、膀胱はすでにパンパンで、体育座りがよけいきつかった。

さらにスカートの丈が短いので、奥が見えそうになる。それは黒沼が用意したもので、彼の奴隷となった生徒の持ち物だったにちがいない。スカート丈は太腿の付け根付近まで調節されていた。

柚菜はオムツカバーを穿かされ、南京錠で施錠までされていた。無地だったが、ヒップの部分にはフリルが何重にも施《ほどこ》されていた。

紙オムツとカバーのせいでお尻が不格好に膨らんでしまい、スカートのプリーツを押し拡げることになる。

スカートの裾を巻き込むように引き寄せようとしても、丈が足りないので、柚菜はオムツを両手で覆うしかなかった。手のひらに当たるオムツカバーを常に意識しなければならなかった。

「白石さん、汗がすごいけど大丈夫？」

隣の列にいる浅野が心配してくれた。

彼はテニス部で、線が細くて顔立ちが整っていた。

「ありがとう……ちょっと緊張しているだけだから」

柚菜は額の汗をハンカチで拭《ぬぐ》おうとして、スカートのポケットに手を入れて、それが自分のものではないことに気づいた。

（ハンカチは自分のスカートだったわ……ツインテールにしたのは私が苦しむ顔をしっかり見るためなんだわ）

澄ました顔でカメラのセッティングをしている黒沼を見やった。

黒沼は自分から撮影係を買って出たのだろう。

目が合うと、ニヤッと嗤《わら》って、望遠レンズを柚菜のほうに向けてきた。

柚菜は慌ててスカートを押さえた。

『手を離せ』

黒沼が口パクで言っている。

柚菜は小さく首を横に振ると、黒沼がポケットに手を入れた。すぐにバイブが振動しはじめた。

「ひゃん!?」

「本当に体調悪くないの?」

浅野が柚菜の顔を覗き込んで心配そうに言った。

柚菜は大丈夫だと頷《うなず》いて見せるしかない。

膣穴に埋め込まれたバイブが頭を振りたくっている。淫核部分にも微振動を受け、絶望的な快楽が湧き上がってくる。

「んんくぅ」

思わず股が開きそうになってしまい、慌てて踏ん張った。シューズのゴムが鳴った。異変に気づいたのか、前方に座っている男子が振り返ってきた。

体育座りをしていると、ただでさえパンティが見えやすくなる。

(見られた!?)

柚菜は慌てて脚を閉じ、股間を押さえた。

少年は視線を逸らしたが、きっと見られたにちがいない。柚菜は震える脚を精一杯閉じた。

だが、快楽が子宮から沸き起こるのを止めることはできない。股を閉じたことでバイブを牝壺が食い締めてしまうのだ。

る。

勤《いそ》しんでいた。しかも、遠隔バイブの操作も忘れることなく、器用に強弱を加えてく
柚菜は助けを求めて黒沼を見たが、悪徳教師は柚菜が苦しむ様子を撮影することに

（もうやめて……）

快楽の波状攻撃に息つく暇もなかった。

（あぁ、どうしてこんなに感じちゃうの……）

大量の蜜汁が溢れているのに、尿意は増すばかりだった。もう我慢の限界を越えていた。

漏らしてしまえという悪魔の囁《ささや》く声が聞こえるが、理性が無意識に括約筋を締めつづけている。

『続きましては、中等部二年C組の白石柚菜さんが、都大会女子百メートル走の部で優勝したことを表彰いたします。白石柚菜さん、壇上へどうぞ』

すでに校長の話は終わっていた。

柚菜はトイレに駆け込みたかったが、注目が集まっているなかで、そんなことを言い出せるわけもなかった。

震える足で生徒の間を縫って進んだ。

座っている同級生の頭が柚菜の腰の辺《あた》りにある。

下半身に視線を感じた。無数の手がまとわりつくような錯覚に囚われた。

（……オムツが見えるかも……あぁ、変な音や匂いがするかも）

歩くたびに短いスカートが軽やかに翻《ひるがえ》った。

一刻も早くこの場から逃げ出したかったが、バイブで膣襞が抉《えぐ》られてしまい、未知の快楽が頭の中で弾けつづける。

柚菜は息を切らして階段を登り、ようやく壇上に上がった。額には大粒の汗が浮かんでいる。

「顔色が悪いが、大丈夫ですか？」

校長が小声で心配した。

「はい」

柚菜はそう答えるしかない。

この羞恥地獄から一秒でも早く解放されたいだけだった。

そのとき、バイブの動きが急に激しくなった。膝の震えがひどく、立っているのがやっとの状態になる。

柚菜の異変に気づいている生徒はどれくらいいるのだろう。心配しているほど、他人は気づいていなかったかもしれない。

その証拠にざわめいているわけではなかった。しかし、学園の開校以来三本指に入りそうな美少女へと注がれる視線は、そもそも好奇と羨望、そして嫉妬も入り交じっているものだ。

（お願い、早く、早くして……もう、もう……）

校長は何かを察したのか、柚菜のこれまでの活躍と今後に期待していることを手短に伝えた。

いつもの長話はなんなのかと柚菜は憤《いきどお》りさえ覚えた。

（んん……うぅ、もう、もう……ダメなのに、出ない）

もういつ粗相をしてしまっても不思議ではなかった。膀胱が痛いほど疼いている。

それでも、理性がなんとかお漏らしをしないように括約筋を必死で締めていた。その一方で、牝壺の内部はバイブでほぐされ蕩けるほど心地よく、溢れた蜜汁でオムツをぐっしょりと濡らす始末だった。

（あぁ、卑しいジュースがいっぱい出ている。いっそのこと、お漏らしも……ダメダメ、何考えているの！）

「意気込みはいいですか？」

「え、あ……はい」

マイクを手渡された。

事前に文言を考えていたが、頭は真っ白だった。

「……」

沈黙が続いた。全校生徒の視線が柚菜に集中している。黒沼がカメラを柚菜に向けていた。背筋がゾクッと震えた。マイクを落としてしまいそうになり、両手で握りしめた。

その瞬間、禍々しい快楽が急激に増した。バイブが膣肉を抉り出し、Gスポットの禁断の悦虐に溺れていった。

「あ、あの……頑張ります」

蚊の鳴くような小さい声でぺこりと頭を下げた。もし背後から柚菜を見ていていたら、白いオムツカバーが丸見えだったかもしれない。身体を動かした瞬間、Gスポットを深く突き上げられた。

(あ、あぁ、あ、あぁああ、イクゥ！　みんなの前でイッちゃう！)

俯いた柚菜は身体を小刻みに震わせた。ついに絶頂に達したのだ。それと同時にプシャーという音が響いた。

ずっと堰き止めていた尿道もついに決壊した。

肉の悦楽と放尿快楽の二重奏はこれまで体験したことのない快楽の深みへと柚菜を誘《いざな》った。

「あぁあ……」

喘ぎが溢れた。慌ててマイクを下げた。

しかし、マイクがスカートの真上に当たり、シャアアァァという小さな水音とバイブの羽音を拾ってしまった。ノイズのように聞こえたが、気づいた人間もいるようだった。

黒沼はバイブの振動を止めたが、柚菜は腰をもぞもぞと動かしつづけた。明らかに様子がおかしいことに、生徒たちのざわつきはじめた。

しかし、思考力が著《いちじる》しく低下していた柚菜は、周囲の変化に気づかなかった。気が狂いそうなほど強烈な快楽を隠すので精いっぱいだった。

「……失礼します」

絶頂の余韻に浸る間もなく、柚菜は逃げるように壇上から駆け降りた。その先には黒沼が待ち構えていた。

「大丈夫か？　いかん、熱があるじゃないか」

心配するふりをした黒沼は、生徒たちが唖然とするなか、柚菜をお姫様抱っこして体育館から出ていった。

第三章　地獄の浣腸ドライブ

1

柚菜の処女喪失から三週間が経過し、季節は十一月初旬となっていた。

その日は土曜日の午後だった。中間テストも終わったので、部活も再開した。

今日は黒沼にフェラチオをしながら、テストの結果を見せていた。

男の好みに従ってセーラー服だけの姿で、下半身は脱いでいた。

「いつ勉強していたんだ？」

「……んん」

「一学期よりも学年順位が上がっているじゃないか？」

黒沼は首を捻った。

柚菜自身も成績は落ちると思っていただけに、テストの結果には驚いていた。黒沼に犯されてはいても、勉強は続けていた。しかし、集中力を欠いていたのは自分でもわかっていた。

凌辱された膣肉は夜になっても疼きが止まらないが、それでも必死で頑張った。そのかいあって、テストの平均は九十点強はあった。これは学年でも五指に入るほどの成績である。

「偏差値五十五。これが何の境界線かわかるか？」

黒沼が訊《たず》ねてきた。

柚菜は亀頭を舌で舐めながら首を振った。

「塾講師をしていたときにわかったことだが、この偏差値のラインより下になると、とたんに処女率が下がる」

「……」

黒沼の意図がわからなかった。この桜岡学園の偏差値は七十前後だからだ。

「俺がこの学校で、毎年ペットを作っていたことは知っているよな？」

「はひぃ」

柚菜はフェラチオを続けながら頷《うなず》いた。

（どれだけの娘が、この臭いものに奉仕させられてきたのだろう……）

餌食《えじき》になった多くの少女がいることは知っていたが、中学生は柚菜だけのはずだ。

「たいていの娘は成績が急激に下がる。優しい俺が学校推薦をちらつかせると、それまで以上に俺を敬う奴隷になるのが常だった」

恥ずかしい姿を撮影され、それればかりか進路を餌にして、少女たちを雁字搦《がんじがら》めにしたのだ。そのことを臆面もなく柚菜に話してくる黒沼の残忍さが怖かった。

（こんな男に縋《すが》るなんて……絶対に嫌……でも）

柚菜の想いと肉体が日に日に一致しなくなっていた。男臭くて、おぞましい先走り液の味を感じるたびに、股が濡れてしまうのだ。

肉体開発は確実に進歩を遂げていた。全身の性感が格段に高まっているのは事実だった。嬲られるたびに悦虐は深く濃いものになり、十四歳の肉体は柚菜の意思とは関係なく花開いてしまったといえよう。

ただ、柚菜にも一つだけ希望があった。男根が生えることがなくなった気がするのだ。

自分の男根をしごいた快感をすでに思い出せなくなっていた。

（あの病気もきっと治っているはず……）

だが、もうすぐひと月が経とうとしている。淡い期待と恐怖がせめぎ合っていた。

もちろん、柚菜は自分の秘密を黒沼に相談するつもりはない。もしかしたら、男になった柚菜を見たら、不気味だと解放してくれるかもしれない。

そんな妄想をしていると、額を小突かれた。

「今日はちょっと課外授業だ」

「……え」

「さっさと好きなバイブを取ってこい」

「……」

「返事がないぞ?」

「は、はい」

嫌な予感がした。

しぶしぶ返事をすると、黒沼は鋭く睨んできた。

「どうやら、俺はおまえを甘やかしてきたようだな」

「すぐに持ってきます」

「最初だから一〇〇で許してやろうと思っていたが、俺が満足するバイブを持ってこないと二〇〇にするからな」

「はい」

柚菜は返事をしたものの、一〇〇とか二〇〇という単位の意味がわからなかった。

本棚にはすでに自分の痴態を収めたＤＶＤが並んでいた。

引き出しには大小さまざまなバイブが収まっていた。できるだけ細くて控え目なものを選びたかったが、それでは黒沼が満足しないだろう。

「さっさとするんだ」

叱責を受けて柚菜は選ばざるをえなかった。

半透明なバイブを手にして、すぐに間違いだったとわかった。肉竿部分には大粒の疣《いぼ》が貼り付いていて、亀頭部分は黄ばんでいた。他の少女もこれで泣かされたのだろう。

「まぁ、合格点をやろう。さっさと入れてみせろ」

柚菜は直径五センチほどはある先端を膣に押し当てた。

「んぁ……あ、あんん」

「初オナニーのムービーも撮ってやろう」

黒沼が柚菜にビデオカメラを向けた。

やめてほしいと訴えても聞いてくれるはずもなかった。撮影はもう諦めていた。せめて他人に見られなければいいと思っていた。

しかし、そのためには黒沼に逆らってはいけない。

柚菜はガニ股になってバイブを膣口に押し込んでいく。

「くぅ……んんッ」

「どんな感じだ？　何をしているのか自分で実況しろ」

「あぐぅ……バイブが……私のオマ×コに入ってきます」

他人に挿入されるのと自分でやるのとでは敗北感がまるで違っていた。

「名前と年齢は？」

「し、白石……柚菜。十四歳です……バイブを奥まで入れます」

片目を閉じたままゆっくり奥へと押し込んだ。媚肉が掻き分けられ、クチュクチャッという湿った音がした。

「ははは、中二でバイブオナーする奴なんてなかなかいないぞ」

高笑いが部屋に響いた。

「……くぅ」

「カメラを持って、こっちに来い」

黒沼は柚菜を理科室へと連れていった。

柚菜は開ききった陰裂をバイブが擦すたびに、腰が震えるほどの刺激を感じてしまった。

遮光カーテンと窓が開かれた。いつもの薬品臭が漂う理科室の中に、新鮮な秋風が吹き込んできた。同時に運動場からは部活に励む生徒の声も聞こえてくる。

「ひゃ！」

柚菜は準備室に隠れようとした。

しかし、すぐに黒沼に引き戻された。黒沼はカメラで窓の外の部活風景を撮り、それから柚菜に向けてきた。意地悪く対比させるつもりなのだ。

「俺の前に来い」

「……うぅ」

「さっさとしないと二〇〇にするぞ」

「許してください」

「何の数値かわかっているのか？」

首を振ると、男が笑った。目尻に刻まれた深い皺が男の狡猾《こうかつ》さを表しているようだった。

「おまえは可愛いやつだ。本当に飽きない」

「……」

セーラー服しか身につけていない柚菜は黒沼の前に立った。

無防備に晒された下半身を撫でる風が心地よかった。バイブの刺激を受けて全身が火照っていたからだ。

「ほら、セーラー服を捲り上げろ」

「え？ 見えてしまいます」

「何か問題があるのか？ ないだろう？ やれ」

「あうぅ」

嗚咽を零《こぼ》しながら、柚菜は濃紺のセーラー服を捲り上げた。

窓に背を向けていたのが唯一の救いだった。

「ブラジャーもだ」

命じられたとおり、白無地のブラジャーを持ち上げた。跳ねるように乳房が躍り出た。紅潮した肌が薄く桃色に染まり、日焼けの跡がまったくない柚菜を色っぽく見せた。

柚菜の乳房は短期間で成長していた。今や男の手に適したサイズにまで膨らんでいた。

「いよいよ、オッパイが膨らんできたな」

「……」

「見たところ、七八センチのCカップ……というところかな」

現在の柚菜にしたら、乳房の発育は自分が淫乱であることの証《あかし》のように感じた。恥じらっている姿を黒沼はカメラで撮りつづけた。中学生らしい小柄で華奢な身体なのに、乳房だけが成長しつつある。一方、股間は子どものようにツルツルときている。しかも、そこに太いバイブが挿入され、腰を振る姿は卑猥だった。

「ロリータなんて小便臭いだけだと思っていたが、おまえはなんとも教えがいのあるペットだよ」

（教師のくせに……なに言っているのよ……）

心の中で毒づくのが柚菜にできる精一杯のことだった。

「……これからも、いろいろと……ご教授ください」

「よしよし、じゃあ、窓から顔を出して、バイブを出し入れしてみろ」

「みんなに、み、見られてしまいます」

「そこの棚に上がって、大股開きでオナりたいか？」

窓に沿って腰くらいの高さの棚があった。柚菜は男の気が変わる前に、そこに手をついて、お尻を突き出した。バイブが重みで膣から半分近くズレ落ちた。

「落とすんじゃないぞ?」

「はい」

柚菜は慌ててバイブを押し込んだ。そのとたん思わず甘い喘ぎが零れ、慌てて口を閉じた。目の前には部活に励む少年少女たちの姿があった。

2

「今日は最初だから特別に作り方を教えてやろう」

実験台に載せた架台に金網を置き、その下にアルコールランプを用意して火をつけた。そして、さらに水を一〇〇cc注ぎ入れたビーカーを置いた。

黒沼はさらに怪しげな薬液を取り出した。

「この薬液を知っているか?」

ラベルにはグリセリン溶液と書かれていた。

柚菜は首を横に振った。

鍵のかかった木製のキャビネットを開けて、ガラス製の浣腸器を柚菜の目の前に置いた。最大値が一〇〇ｃｃの浣腸器だった。キャビネットにはそれより三倍以上も巨大な浣腸器もあった。

「ひぃ……お、お願いです。お浣腸だけは許してください」

「躾けと言えば浣腸調教が一番だ。これからは自分で溶液を用意するんだぞ」

黒沼はビーカーにグリセリン溶液を追加した。全部で約二〇〇ｃｃになる。

「さて問題だ。今、グリセリン溶液は何パーセントだ？」

「五十パーセント……です」

「そうだ。指示がないかぎりは常にこの割合で作るんだ」

黒沼は温度計を入れて、ビーカーを掻き混ぜはじめた。ゆっくりと温度が上がっていく。すでに二十五度を超えていた。

「……」

「なにぼんやりしているんだ？　四十度になる前にオナって絶頂できたら、浣腸を一〇〇で許してやろうと思ったんだが。やはり二〇〇のほうがいいか？」

「あ、あぁ……」

それを聞いた柚菜は恥も外聞もなくバイブを出し入れしはじめた。

刺激を受けて腰が自然にくねくねと動く。その姿はまるで黒沼を誘っているように見えたにちがいない。いつの間にか、躾けられた仕草が板についていた。ふと以前見せられた七海先輩の自慰を思い出した。

あのときはとても信じられなかったが、柚菜もまたバイブに敏感に反応してしまっていた。

「んぁ……あぁ、オマ×コが抉れそう」

「いい娘《こ》だ。特別に少しチャンスをやろう」

架台の高さを調整して、ビーカーの底に火がギリギリ届く高さにした。しかし、それでも、水温はいつの間にか三十度を超えていた。

「あぁ、んッ……いや、止まって」

柚菜は喘いだ。温度計の上昇とともに快感のボルテージも上がっていく。

「気分が出てきたところだろうが、早くイカないとタイムリミットがくるぞ」

「あ、あうぅ」

外には部活に励む生徒たちの姿が見えた。

柚菜は恥じらいもなく両手を股間に這わせた。片手でバイブを忙《せわ》しなく出し入れさせながら、もう一方の手で淫核を摘まんだ。乳房が膨らんだように、淫核も肥大化したように感じた。クリ包皮を根元で止めた接着剤は依然と効果があった。剝き出しのままだから、常にパンティで擦れて濡れてしまうのだ。

陸上の練習中に特に感じていた。汗以外の粘液が太腿に垂れているのを目にしたときにはゾッとした。

(部活を休みがちだから……早苗に不審がられているし……)

校庭には早苗が練習に勤しむ姿もあった。

だが、柚菜ときたら、激しく自慰を続けているのだ。特に淫核を弄《いじ》りだしてから快楽がいちだんと上がったようだ。

この短期間でクリトリスが快楽器官へとすっかり成長してしまったらしい。弄れば弄るほど、全身の細胞が弾けるような快楽に襲われた。

「あ、んんッ……んぁぁ」

執拗に肉芽を転がした。快楽を感じれば感じるほど、牝壺が締まり、バイブを食い締めていく。肉竿部分に取り付けられイボのような突起が襞を擦り上げていく。淫核快楽との相乗効果で悦虐が倍加していった。

「んぁ、くぅ……感じる……感じますッ、あうぅ」

「まったくスケベな娘だ。同級生が健康的に部活に励んでいるというのに、おまえは神聖な学園で何をやっているんだ?」

悪徳教師が柚菜の髪を引っ張って顔を外に向けさせた。

（私は、いったい何をしているの？　学校でオナニーだなんて……しかも、こんな玩具を使って……こんなことが知られたら……）

浅ましい自慰行為の屈辱と羞恥が肉体の芯から全身に広がっていく。だが、いつの頃からだろう。それらの負の感情さえも官能の炎を燃え上がらせる燃料になっていた。

「あ、あと……少しで、くぅ」

ラストスパートが迫っている。柚菜はバイブをすばやく動かした。涙で視界がぼやけた。

「残念だが、これで終わりだ」

両手を押さえられた。

ビーカーの中の温度計が四十度になっていた。

「あ、あ、ぁぁ……」

柚菜は消え入りそうな声を洩らした。燃え上がった快楽のやり場に困った呻《うめ》きにも聞こえたはずだ。

3

柚菜は震えながら浣腸器のシリンジを引いた。

ガラスが擦れる不快な音とともに、透明な浣腸液が吸い込まれていく。その重さのせいで、落としてしまいそうになる。

「……できました」

柚菜は浣腸器を恭《うやうや》しく差し出した。

「きっちり一〇〇ｃｃだろうな？　少しでもズルをしようとしたら、本来なら追加するところだが、さすがに初浣腸だから今日は許してやろう」

「……」

「俺は寛大な男だからな」

「は、はい……先生は……優しいご主人様です」

「では、どこが優しいか言ってろ」

「うぅ……お浣腸を一〇〇ｃｃで許してくれたところです」

柚菜は目いっぱい、黒沼に迎合した。

しかし、桃尻を打擲《ちょうちゃく》されてしまった。どうやら回答を間違えたようだ。

「俺が優しいご主人様なのは、今後はおまえのウンチの管理もしてやるということだ。ほら、尻を突き出して、尻の穴を開くんだ」

さらにもう一発叩かれた。その振動が膣に挿入されたバイブに重く響いた。息が詰まったが、すぐに恥ずかしい体位を取らされた。

「尻の穴も綺麗なピンク色をしている」

黒沼が軽快に口笛を吹きながら、膣穴の周辺や蜜汁が垂れた内腿に嘴口《しこう》を這わせた。潤滑液の代わりに蜜汁をまぶしているようだ。

「先生……あ、あれの管理ってどういうことですか?」

「あれとは?」

「……ウンチです」

「言葉どおりだ。浣腸でしかウンチを出せないスカトロ好き中学生にしてやる」

その宣言に柚菜は絶句した。

黒沼は柚菜の表情を見るとほくそ笑み、嘴口で菊門を小突いた。

「浣腸器を目にしただけで股を濡らすJC奴隷だ」

「あぁ……イヤぁ」

「おまえの好き嫌いは関係ない。口ではそんなことを言いながら、浣腸が病みつきになるだろうよ」

その予言が現実のものになるはずがないと否定できない自分がいた。

処女を失ってからというもの、柚菜の肉体は精神を裏切りつづけていたからだ。

（本当に……お浣腸で感じるようになったら……恥ずかしくて生きていけない）

しかし、暗澹《あんたん》たる思いに浸る間も与えられなかった。

菊門に嘴口が押し込まれたのだ。

「んんん」

「記念すべき初浣腸だ。それ！」

嘲笑を浮かべた黒沼が焦らすように浣腸液を注入していった。

グラウンドからは相変わらず部活で汗を流す生徒たちの声が聞こえてきた。柚菜は小さく呻き、シリンジが擦れる音に耳を傾けた。四十度に温められた浣腸液はガラス浣腸器で冷やされていたようで、直腸ではほぼ人肌の温度に近くなっていた。

（あぁ……お腹の中に入ってくる……）

注入されているはずなのに、不思議なことに漏れているような感覚もあった。最初は違和感もあまりなかった。

しかし、それが誤りだとすぐにわかった。

直腸で妖しげな蠕動《ぜんどう》運動が開始されたのだ。

「よし、きっちり一〇〇ccだ」

黒沼が準備室から何かを持ってきた。

（うぅ、またオムツ？）

「これに着替えるんだ。これからドライブに行くからな」

柚菜はパンティを穿いて、男が持ってきた布きれを手にした。それは女児のパンティのような形状をしていた。よく見れば、ブルマだった。

生地は厚手で表面は濃紺色。裏生地は灰色の二層構造になっている。ウエストはハーフパンツと同じで三段ゴムが施され、腹圧を分散するように作られていた。タグにはポリエステル八〇％、綿二〇％と記載されて、サイズはSサイズだった。

「こ、これは？」

「さっさと穿かないと、あとで苦しむのはお前のほうだぞ」

柚菜は仕方なくパンティとブルマを身につけた。

濃紺のブルマには、なぜか桜岡学園の校章が刺繍《ししゅう》されていた。どういうことかわからなかったが、詮索している余裕などなかった。パンティとブルマのせいでバイブが膣により深く入ることになった。さらに浣腸液が次第に本性を現し、強制的に便意を高めだした。

「おお、なかなかブルマが似合うじゃないか」

「あ、あうぅ」

黒沼は何かを懐かしむように柚菜を見つめた。

「行くぞ」

二人は黒沼の車に乗った。

赤いスポーツカーは二人乗りだった。エンジンが獰猛な動物のように唸りだした。

「……スカート」

「そんなものはいらん。セーラー服にブルマという姿は、俺が中学生の頃はよく見たもんだ」

「うぅ」

シートベルトのわずかな締め付けでも腹部が圧迫されて、グルグルと蠕動音が鳴り響いた。背後からはエンジンの激しい振動が襲ってくる。

それがバイブにも伝わった。竿部分の疣《いぼ》が膣襞を刺激し、亀頭部が子宮口を突き上げてくる。

車は守衛がいる校門を抜けていく。

年老いた守衛と目が合った。下校途中の生徒がいなかったのは幸いだったが、街に入ると高級外国車に注目が集まった。スポーツカーだから車高が低いので、赤信号で停止するたびに、歩行者が覗いてきた。距離が近くて、生きた心地がしなかった。

「ウンチが我慢できなくなったら言うんだぞ？　外でさせてやるから」

「……うぅ」

こんな恰好で公衆トイレに駆け込むことも恥ずかしい。スマホで撮影されてしまうかもしれない。そもそも公衆トイレがすぐそばにあるとも限らない。そのときは、路上で漏らしてしまうことになるのだろうか。それを考えると、柚菜は恐怖で全身が震えてきた。

全校集会で失禁絶頂した記憶が鮮烈に蘇《よみがえ》ってきた。思い出すだけで嫌な気持ちになるのに、肉体に植えつけられたアブノーマルな快楽がそれを凌駕しようとする。

(やめて、そんなのダメ。あのときはバレなかったけど……ウンチを漏らすのは無理……感じているのはバイブのせいだわ)

柚菜は首を振って、内股を擦り合わせた。

「俺の車の中で漏らすんじゃないぞ。漏らしたら、口で掃除だ」

「本当に……お腹が痛いです」

「授業時間くらいは我慢できるようになれよ」

「ひぃ……授業中は勘弁してください」

黒沼はそれを無視してアクセルを踏み込んだ。

荒っぽい運転だった。ただでさえスポーツカーの乗り心地は想像以上にひどかった。エンジンの振動がダイレクトにお尻から突き上げてくるのだ。一瞬でも油断すると、菊穴が開いてしまうだろう。懸命に尻穴を締めつけると、膣がバイブも食い締めることになり、凄まじい刺激が脳天を突き上げてきた。

「んんんッ、んひぃ！」

「おいおい、まさか初の浣腸調教で軽くアクメに達しているのかよ？」

黒沼が柚菜のブルマをまさぐってきた。

「んあぁ……」

「なんだ、ビチョビチョじゃないか」

呆れたように鼻で笑うと、黒沼はバイブの把手をシフトレバーのように乱暴に動かした。

「んひぃ、んんッ……あぁ、やめてください」

「口では嫌だと嫌だと言っているくせに。とんだスケベ娘だ」

「あ、あひぃ……抉られるぅ……あんッ」

乱雑な刺激でも感じるように開発された自分の身体が恨めしかった。

「発情した牝豚の卑しい匂いがプンプンするぞ」

「……うぅ、そんなこと言わないでくださぃ。あ、あぐぅ」

眉間に皺を寄せて柚菜は呻いた。便意はまるで津波のようだった。ときおり、凪《なぎ》のように蠕動運動が収まるが、その間隔が次第に短くなり、便意も激しくなっていく。

「漏らしたら、このルーフをオープンにするからな」

車の天井を叩いてみせた。

実際、黒沼がスイッチを押すと、走りながらルーフが開いた。追い抜いたバスの乗客が柚菜を見下ろしてくる。慌てて股を閉じてバイブを嚙み締めた。

「ひぃ、閉めてください」

「あいつらに見せつけてやれ」

「お、お願いします」

「せっかくショータイムだというのによ」

黒沼は仕方ないといったようにルーフを閉じた。それから、さらに十分ほど地獄のドライブが続いた。

4

「あと少しだ」

飯田橋《いいだばし》駅を背に狭い坂道を登っていった。ゆるゆると走るのが、もどかしかった。やがて高級マンションに到着した。

地下駐車場に降りると、そこからエレベーターで誰にも会わずに部屋に行けるようになっていた。

（資産家なのかしら……）

だが、男の本性を知っている柚菜は、この恵まれた環境が黒沼を悪魔に変えた温床に思えた。

四階に着くと、いきなり目の前がエントランスだった。驚いたことに、二人の美少女が待ち受けていた。彼女たちは柚菜より少し年上に見えた。さらに驚いたことに、二人とも上半身は裸で、メイドを思わせる黒いミニスカートとエプロンを身につけているだけだった。スカート丈は短く、若々しい太腿がほぼ丸見えになっている。

同性でも見事だと思う乳房の乳頭には金色のピアスが嵌《は》められているのが異様だった。

「……」

彼女たちも柚菜の股間の膨らみを見て、不憫《ふびん》そうな顔をした。

「美桜《みお》はいるか？」

「はい……奥でお待ちです」

柚菜たちは広い廊下を進み、リビングルームへと案内された。

リビングは教室よりも広い空間で、中国風の調度品が設えてあった。窓からは皇居がよく見えた。開放的な部屋の中央にソファがあり、そこに裸の女が寝そべっていた。年の頃は四〇を越えていそうだ。細くしなやかな身体が猫科の生き物を思わせた。

彼女の股間には、有名な女子校の制服を着た少女が顔を埋《うず》めていた。

「相変わらず怠惰な生活をしているな」

黒沼が皮肉を込めて言うと、美桜はふふと笑った。股座《またぐら》の少女がビクッと肩を震わせた。

「勝手に愛撫をやめるんじゃないよ」

「……ひゃい」

美桜が少女の頭を撫でながら上半身を起こした。

身体は華奢なのに乳房はメロンのように盛り上がって大きかった。

(ここは、この女の人の家かしら)

「安心してもいいわよ。外から中は見えないから。ブルマの膨らみはお坊ちゃんなのかしら？」

「……あッ」

柚菜は少女たちが自分を不憫な目で見ていた理由がわかった。どうやら少年奴隷と勘違いされたのだ。

しかし、美桜は真相がわかっているようだ。

「ふふふ、どうせバイブでも入れているんでしょ？　お嬢ちゃん」

「……」

「先生が連れてくるのはいつも美少女だしね。あなたはその中でも特に値打ちがありそう。で、何が入っているのかしら？」

柚菜は項垂《うなだ》れると、黒沼が再びバイブを弄《いじ》ってきた。

「質問されたら答えるんだ。そう躾けているだろう？」

「あぁ、あひぃ……」

「は、はい……バイブが……オマ×コに入ってます」

「それだけ？　また利尿剤を飲まされたりしたんじゃないの？」

美桜が優雅に笑った。なんでもお見通しのようだった。

「渡したデータを見てくれたか？」

「ええ、見たわよ。特にオムツでの朝礼は傑作だったわ」

柚菜の嫌な予感が当たってしまった。

「だろ？」

「放課後までに三回もお漏らしして、重たくなったオムツがスカートから見え隠れしてたわ」

「あのあと、濡れたオムツを外して、すぐに嵌めてやったら、よがり狂ってたのもよかっただろう？」

「あの日を境に、服従するようになったようね」

二人の会話を聞いていると、あの日の羞恥が蘇ってきた。

濡れたオムツで授業に集中できなかった。しかも、利尿剤の効果は一度で収まらず、出したばかりだというのに、すぐに尿意が襲ってきた。オムツが重くなっただけでなく、尿を吸収したポリマーが割れ目に密着して、なんとも言えない気持ちになった。結果、そこに三度も失禁してしまったのだ。

零《こぼ》れてしまうのではないか、匂いが洩れていないか、お尻の膨らみが不格好になっていないか。クラスメイトに気づかれるのではないかと生きた心地がしなかった。それでいて、しっかり感じるのだから我ながら情けなかった。

Gスポットを開発されたからだ。放課後、バイブを抜かれたあと、黒沼に責められた。魂を揺さぶるような快感は忘れたくても忘れられないものだった。

今もまた大きい危機が迫っていた。

「あ、あうぅ……どうか、トイレに行かせてください」

「苦しそうな顔をしていると思ったら、浣腸なのね？」

「はい。もう限界です」

美桜に一縷《いちる》の望みをかけた。

「それでは早くしないとね。おまえたち、撮影の準備を始めなさい」

「かしこまりました」

二人の少女は手慣れた手つきでカメラを運んできた。その間に、黒沼も準備を始める。

「ブルマにお漏らしさせるつもりじゃないの？」

「そのつもりだったが、こいつの発情した匂いにやられて、一発抜いておかないとな」

黒沼は逞しい体を惜しげもなく晒した。

その姿を見ていた美桜が目を細めた。

「相変わらず見事な肉体ね」

柚菜はこの二人がどんな関係なのか気になったが、深く詮索する余裕はなかった。便意は限界を越えている。

黒沼がブルマとパンティを引き剝がした。

「んあぁ、ウンチをさせてください」

「最高の排便をさせてやるから、まだ漏らすんじゃないぞ？」

そう言ってバイブをゆっくりと引き抜いてきた。

少しでも気を緩めると、菊門が決壊してしまいそうだ。すでに菊蕾がぴくぴくと痙攣していた。自分でトイレに行くこともできないだろう。撮影などどうでもよかった。ただ一刻も早く排便したいだけだった。

セーラー服を捲り上げられ乳房が剝き出しにされた。

「な、何をするんですか？」

お腹を押さえていた手を払われたかと思うと、急に抱きかかえられた。

「しっかりと首につかまっておけよ」

赤子のように柚菜は黒沼に抱きついた。すると、陰裂に鉄鏝《てつごて》のように熱くなった逸物が押し当てられた。

「ヒィ……だめぇ！」

悲鳴にかまわず、極太の肉棒が膣内を割って入ってきた。

何度受け入れたかわからない逸物だが、いまだに引き裂かれるような拡張感がある。

「バイブでほぐしていたから簡単に入ったぞ。ほら、ほら」

黒沼が腹に力を入れて、柚菜を上下に揺らしはじめた。バイブの無機質な感触とは違い、生々しい肉の温かさと硬さに反応してしまい、柚菜はたちまち官能の渦に呑み込まれていった。

「あ、あひぃ、ダメッ、動いたら……出ちゃう」

「もう少し頑張れ、おまえが抵抗するたびに、オマ×コがキュッ、キュッと締めつけてきやがる」

「そんなに激しく……動かさないで、あぁあ、あひぃ」

第三者に見られていることが頭をかすめた。柚菜は黒沼の肩に顔を埋めた。断続的に送り込まれる刺激が次々と快感へと変わっていく。しかし、同時に便意も高まり、我慢できなくなってくる。快楽と苦痛が鬩《せめ》ぎ合っていた。

「後ろを見てみろ」

柚菜は振り返った。神楽坂《かぐらざか》が見えていた。通行人からは本当に見えていないのだろうか。もし、見えていたら、柚菜のハート形のお尻が丸見えになっているはずだ。その谷間に潜むアヌスはおちょぼ口になって、今にも噴火しそうな勢いで痙攣している。

「……も……もう、ダメぇ、出る。出ちゃうぅ！」

「よし、たっぷり出せ！」

腹に突き刺さるかと思うほど、肉槍が子宮口を突き上げてきた。

腸内で暴れまわっていた濁流が出口に押し寄せた。ブピッという下劣な破裂音をたてて、少量の浣腸液が飛び出た。

慌てて力を込めたが、一度開いた肛門をコントロールすることはできなかった。

「あぁ、ダメッ！」

「おおお、締まってくるぞ。チ×ポを食いちぎりそうだ」

黒沼がさらに腰を突き上げてきた。

柚菜は相手に強く抱きついた。筋肉質な胸板に硬くなった乳房が擦れたが、快感があるのかないのかはわからなかった。それほどまでに便意からの解放感と排出の凄まじい快感が勝っていたのだ。

——ブリブリ、ブリッ、ブピッ！　ブリブリブリッ！

浣腸液が噴出し、窓ガラスを打った。

それに続いて軟便が勢いよく吐き出されていく。

「あぁあ、イヤァ……止まってぇえ！」

「どうだ？　我慢しながらも気持ちいいが、出しながらのやるのは最高だろう？」

「んなぁんんん」

断続的にブリッブリッと放屁が鳴り、固形の糞便を吐き出した。もう出尽くしたと思っても、あとからあとから飛び散った。

あれほど苦しかった便意がいつの間にか狂おしい快楽に変わっていた。

「人の家を訪問してすぐに排便セックスするなんて、とんでもない中学生ね」

「あぁ、ごめんなさい……あぁ、あくぅ、止まらない」

「先輩が見ている前でよくこんなクサイものを出せるわね」

いつの間にか美桜が隣にいた。

美桜は首輪を嵌められた少女を従えていた。先ほど美桜の股間に顔を埋めていた少女だった。

「え？」

柚菜は驚きの声をあげた。

少女の顔に見覚えがあったからだ。陸上部の元先輩・津田七海だった。

髪は肩まで伸び、肌も白くなっていた。以前の印象とはかなり異なっていたが、明らかに彼女だった。

七海は困惑と同情を含んだ視線で柚菜を見つめていた。

5

「七海、さっさと浣腸の用意をしてこい。五〇〇だ」

「はい、わかりました」

黒沼の指示を受けた七海は、巨大浣腸器を手にして戻ってきた。以前、黒沼の慰みものになっていただけあって、慣れた手つきだった。七海は複雑な表情だった。特に黒沼を見るときになんとも言えない目をしていた。

単なる憎しみだけではない。かといって愛情でもない微妙な感情が見て取れた。柚菜とも視線が合ったが、あの優しかった先輩の目ではなかった。明らかな嫉妬があった。

そんなことを感じながら、柚菜は自然と黒沼にしがみついていた。

まだ肉棒で股間を串刺しにされたままである。

「出す快楽の次は入れる快楽だ」

「い、いやぁ……もうお浣腸はぁ」

「みんなに見られてよがっているくせに」

七海は膝をついて、極太の嘴口を柚菜のアナルに押し込んだ。そして黒沼のピストン運動に合わせて、浣腸液を徐々に注入していく。

すぐに便意が戻ってきた。

一突きされるたびに、破裂音とともに浣腸液が飛び散った。最初こそ黄金の花吹雪だったが、次第に透明になっていく。すべて出し終えると、さらに五〇〇ｃｃの浣腸を追加した。

「あぁ、もうイヤァぁーーッ！」

「どうだ？　病みつきになるだろう？　出しながらだと、いつもよりも締め付け具合がいいぞ」

「いつまでやるの？」

「俺が満足するまでだ」

黒沼が高笑いをした。その振動のせいで柚菜の尻穴からブピップピッと放屁音が鳴り響いた。

「人の家でウンチを撒き散らすなんてどんな躾を受けてきたのかしら？」

「……ごめんなさい……あぅぅ。でも、止まらないんです」

美桜に揶揄《やゆ》されて、柚菜は消え入るような声で謝罪した。

だが、美桜はそれほど気にしていないようだった。

「遅くなったけど、お仕事の話をしましょうかね？」

「……お、お仕事？　あくひぃ」

美桜は柚菜の尻を撫でながら、ネチネチと話しかけてきた。

「私は会員制の秘密クラブを主催しているの。会員は上流階級の方々……有名な病院の院長や政治家、投資家、起業家といったところね」

「……」

「その人たちを愉しませる肉人形《ドール》として働いてもらうわ。取り分は私が四、黒沼先生が五で、あなたが一よ……それでも、そこそこのお小遣い程度にはなるかしらね」

おぞましい提案に背筋が震えた。

再び七海が浣腸液をたっぷりと挿入してきた。嘴口が抜かれた瞬間、美桜が肛門内に指を潜り込ませた。

「ここでも愉しんでもらえるように開発するのよ」

「おい、まだアヌスは開発していないんだから、手をつけるなよ」

「あら、いいじゃない。先生のは大きすぎて、じっくり拡張していかないと無理でしょ？　それでなくても今回は未熟な女子なんだから、せっかくの商品が傷ものになったら価値が下がるじゃない」

「そのことだが、こいつはまだ売りをさせないぞ」

「飽き症の先生にしては珍しいわね」

理科準備室の本棚に並んでいたＤＶＤに映っている少女は、父親や祖父くらいの歳の男たちに肉玩具として売られたのだろう。

「こいつは俺が育ててみたくなってな。どんなエロい女に成長するか楽しみだ」

「そんなデカ魔羅に犯されていたら、あそこがガバガバになってしまうじゃない」

「そうなったらお払い箱だ」

黒沼は猛々しく柚菜をバウンドさせた。

「そういう事情があるので、別の候補を選んでくれ。トイレと更衣室の盗撮画像を送っているだろう？　何匹か目星はつけているはずだ」

「家柄を考えると、中等部三年の高畠《たかはた》優理子《ゆりこ》とか高等部一年の常磐《ときわ》実希《みき》あたりかしら」

「今年中には着手して働けるようにしてやる」

「でも、二人ともこの子には遠く及ばないわね」

美桜は柚菜のアヌスを激しく蹂躙しながら口を吸ってきた。柔らかくて肉厚な唇がそれだ。その唇から舌が侵入して、唾液を流し込まれた。

「んんん……」

「舌も小ぶりで可愛らしいわね。ほら、ちゃんと舌を絡めてきなさいよ」

美桜は指を二本にして、柚菜のアナルを掻きまわした。前の穴に極太の男根が激しく出し入れされている。後ろの穴も同じピッチで嬲られると、脳が快感でおかしくなりそうだった。

「んひぃ……んんッ」

いつのまにか美桜の舌を積極的に貪《むさぼ》っていた。

「フェラチオの具合もよさそうね」

「そりゃ、さんざん教え込んだからな」

「先生のデカ魔羅で慣れていたら、相手がどんな客でも顎が外れることはなさそうね」

黒沼は調教に関しては天才的であり、柚菜の肉体はすでに完全に開発されていた。中学二年で性奴隷に調教されてしまったら、どうやって普通の生活を取り戻すことができるというのだろう。

柚菜は暗澹たる気持ちになりながらも、刺激にいちいち感じる肉体が口惜しかった。そんな柚菜を美桜が眺めながら言った。

「すぐに試してみる？」

「……いやぁ」

「あら、残念だったわね。おまえたち」

美桜がカメラを構えている二人の少女に意地悪い視線を投げかけた。いつのまにか、二人はへっぴり腰になっていた。だが、情念のこもった目で柚菜を見てきた。

（まるで……）

疑念はすぐに解消された。

「スカートを捲り上げなさい」

少女たちは命令に従って、スカートを持ち上げた。二人はパンティを穿いておらず、大人の飾り毛もなかった。そして、驚くことに股間に男根が屹立していた。二人は恥ずかしそうに顔を伏せている。

「男なのか？」

どうやら黒沼も知らなかったようだ。

「もっとスカートを捲って、よく見せなさい」

二人の恥丘には数字が刻印されていた。アラビア数字で「14」と「21」と記されている。

「これは焼き印か？」

「そうなるわね」

「ほぉ」

黒沼が興味を示した。

少年の勃起したペニスが宙をむなしく掻いていた。

「今年の六月に少年売春の摘発があったことはご存知？」

「池袋の事件だろ？　うちの学校もピリピリしていたよ」

「そのとき補導されたのが、この子たちよ」

少年たちは下唇を噛みしめた。何度見ても、二人とも女の子にしか見えないし、なによりそのへんの少女では太刀打ちできない美貌の持ち主だった。しかも、乳房は柚菜よりも大きかった。それでいて、勃起したペニスという対比がアンバランスで倒錯した魅力を放っていた。

「妙に熱い視線を送ってくると思ったら……俺のペニスに興味津々ってわけだったのか？」

「相変わらずナルシストねえ。この美少女に勃起したのよ」

「そいつらはオカマじゃないのか？」

「どうもそうじゃないらしいわ」

美桜の説明によれば、池袋周辺で売春をしていた少年たちにはケツ持ちと呼ばれる組織が見当たらなかった。大規模に展開しているのに、半グレや反社会的勢力の存在がないのはおかしいというのだ。

「しかも、彼らは性的にはノーマルだったのに、女性ホルモンまで投与されているのよ？」

「それが、何も知らないの一点張りなの。いや、本当に何も知らないのかもしれないのよ。あるいは洗脳というやつ？」

「カルトが絡んでいるとか？」

「どうかしらね。この子たちも憐れなものよ。親から勘当されたんだから」

少年たちはまだ中高生だというのに、こんな悪辣な女衒《ぜげん》を頼らざるをえないとは地獄ではないか。

「おら、おまえら羨ましいか？」

黒沼は少年たちに駅弁ファックを見せつけた。美桜も指を肛門から抜いたので、透明な浣腸液が噴出した。それが二人の哀れな少年たちの股間に降り注いだ。

「あ、あひぃ、お腹が……あぁ、あくぅ！」

「先生のは大きいから、それで馴らされると困っちゃうわ」

美桜は薄笑いを浮かべた。だが、黒沼はおかまいなしに、柚菜の膣奥までペニスを突き上げた。

「よっぽど狭くできているのか、俺のチ×ポに馴染んでいないようだな」

黒沼もきつく締めつけられる刺激にそうとうな快感を味わっているのだろう。

「あ、あくぅ、あひぃ」

子宮をキツく押し上げられ、呼吸もままならず、男の胸の中で身悶えた。

「両脚を俺の腰に絡めろ」

柚菜はぶらぶらしていた下肢を絡めた。股間が目いっぱい開かれ、膣襞が肉茎に絡みついた。浮遊感に頭がクラクラした。黒沼にしがみついていないと、どうにかなりそうな状態だった。

「あぁ……激しい……あッ……おチ×ポが、あくぅ、も、もうッ」

「もうイキそうなのか？　クソをひり流して、オカマに見られながらイクのか？」

黒沼も昂《たかぶ》っているようで、息を荒げて腰を忙しなくぶつけた。

「も、もう……飛んじゃうッ」

「よし、よし、飛んでしまえ！　濃いのをたっぷり出してやる」

「柚菜に熱い精液をたっぷりくださいぃぃ！」

もう周囲の視線などどうでもよかった。極太の肉槍で激しく突かれ、強引に快楽を送り込まれた。

空っぽになった腸内に再び浣腸液が押し込まれた。

「ようし、出すぞ。おまえも見せつけてやれ」

「あ、あぁ……いやぁ、くぅ、い、イクぅ！」

柚菜は黒沼の逸物を食い締めながら、ついに絶頂に達した。

それと同時にお尻からは激しい噴出を続けるのだった。

第四章　被虐のアナル肉人形《ドールズ》

1

「富嶋葵《とみしまあおい》です。親の転勤で、転校してきました。東京は修学旅行で来ただけなので、よく知りません。いろいろと教えてくれるとうれしいです」

十一月中旬、転校生が現れた。

葵はブレザーの制服を着ていた。何の変哲もないデザインだったが、クラスメイトたち、特に女子がいっせいに注目した。

葵は類稀《たぐいまれ》な美貌の持ち主だったからだ。

小柄で華奢な身体。少しふっくらした頬に整った顔立ちは可憐な美少女にも見えた。艶やかな黒髪にもエンジェルリングが輝いている。

印象的なのは鳶《とび》色の大きな瞳だった。その深い色合からは、思慮深さが窺えた。

休み時間になると葵の周りは人だかりがした。みな根掘り葉掘りあれこれ詮索していたが、葵は笑顔を絶やさずに答えていた。しかし、よく聞くと、肝心なことになると、話をはぐらかしているようだった。

「白石、プリントの手伝いをしてくれないか」

黒沼が廊下から声をかけてきた。

柚菜はすぐに立ち上がり、黒沼のあとをついていった。

「さっさとパンティを脱げ」

「……ここで、ですか？」

そこは職員室だった。黒沼の席はパーティションで区切られ、奥まったところにあったとはいえ、当然他の教師もいた。

「さっさとしないと浣腸を追加してもいいんだぞ」

さすがに黒沼は小声になっている。

「ひぃ……」

柚菜はあたりを見まわして短いスカートの中に手を入れると、パンティを引き下ろした。すぐにそれは奪われてしまう。

（汚いのに……）

男の人がなぜそんなものを欲しがるのかまったく理解できなかった。

「後ろを向くんだ」

「……はい」

「プリントを整理しているフリでもしていろ」

黒沼が机の引き出しから何かを取り出した。柚菜は緊張で喉がカラカラになる。それにかまわず黒沼が尻朶に触れてきた。

（職員室なのに……誰かに見られたら、どうするつもりなの？）

黒沼はスリルを自ら望み、それを愉しむタイプなのだ。

「片方の尻を自分で摑んで、肛門を開くんだ」

「……何をするつもりでしょうか？」

「こっちも使えるように拡張するんだよ」

「……う、うぅ」

「おとなしくしていないと目につくぞ？」

柚菜は仕方なく自分のお尻を摑んだ。指が以前よりも食い込む弾力があった。身体が女らしく成長しているのだろう。外を歩くとき、以前よりも男たちの視線を強く感じるようになった。

同性もまたその変化に気づいているようで、柚菜と距離を置く者が増えてきていた。

こんな生活を続けていたら、いつかきっとダメになる。ダメな人間になってしまう。

(でも、拒絶できない)

それどころか、悪辣な調教に迎合するように尻を突き出し、秘肛を開いている。期待するように膣が収縮しはじめるのがわかった。

黒沼の手が近づくのを感じると、内腿に蜜汁が垂れだした。

硬いものが窄まりに押し当てられた。

「あぁ……」

思わず声をあげてしまった。職員室に呼び出された下級生らしき男子と目が合った。

黒沼はかまわず性玩具を押し込んできた。ズボッズボッと異物が侵入してきた。振り返るとディルドゥがあった。表面に禍々《まがまが》しい疣がついていて、透明な胴体にはパチンコ玉のような金属が入っていた。

（これもバイブと同じで、スイッチを入れたら、あの玉が回転するのね……）

柚菜は悲しいことに大人の玩具の知識が増えてきていた。

周りの女子はアイドルグループにうつつを抜かしているというのに、自分ときたら、大人の教師の奴隷と化しているのだ。

さらに奥へとディルドゥが潜り込んでくる。

息苦しい圧迫感に気を抜くと喘いでしまいそうだ。

「これですっかり入ったぞ」

「は、はい」

柚菜は慌ててスカートを直した。身じろぎすると直腸内でディルドゥが擦れて、アブノーマルな刺激を送ってくる。

（なに、これぇ？　うぅ、お尻の穴が、あくぅ、感じちゃう）

急速に全身が甘美な快感に包まれていった。しかも、アヌスは膣よりも敏感だった。

「それじゃあ、プリントを運んでくれるかな？」

「は、はひぃ」

「あとは授業中のお愉しみということだな」

途中でつらくなり、うずくまりながらもなんとかして理科室に到着したとき、ちょうどチャイムが鳴った。

すでにクラスメイトは席についていたので、柚菜に注目が集まった。現在ノーパンであることを考えると生きた心地がしなかった。だが、指示どおりにプリントを配らないとならない。

柚菜はあの転校生の葵と同じ班だった。

「白石さん、ありがとう」

「え？」

「教科書を見せてくれて」

「あ……うん」

柚菜は曖昧に返事するのがやっとだった。こんな状況であるし、そもそも穢れている自分が、人気のある葵に話してはいけない気がしたのだ。

(この教室でお浣腸されて……ウンチをした)

椅子を二つ並べ、和式便所に跨がるように座らされたのは数日前のことだった。床にオマルが置かれ、そこに恥ずかしい浣腸排便をするよう命令されたのだ。もちろん、それも撮影されていた。

「顔色が悪いけど、大丈夫？」

「……うん。大丈夫」

「白石さんは綺麗な目の色をしているね」

葵は小さな声でそう言って、ジッと見つめてきた。

柚菜は慌てて目を逸らした。

「……変でしょ？」

「変じゃないよ。君が特別な証拠さ」

葵は柚菜のことを以前から知っているかのような口ぶりだった。

可愛いらしい顔をしているが、彼はプレイボーイなのかもしれない。雰囲気もどこか大人びている。

そのとき、アヌス内のディルドゥがいっせいに動きだした。パチンコ玉が回転しはじめたのだ。黒沼の仕業だった。

「ああ……」

「汗もかいているし、本当に大丈夫？」

「……大丈夫だから」

柚菜は腰を少し浮かせて頷《うなず》いた。

椅子に座りきると、腸壁への摩擦が強くなり、アナルが蕩けてしまいそうになる。

「浅野、白石、この問題がわかるか？」

黒板に黒沼が人体の臓器を描いた。

二人は黒板に進み、名称を書いていった。

高い位置に書くときに、柚菜は背伸びした。そのせいで短いスカートがずり上がる。

下肢に力を入れることで、ついアナルを食い締めてしまった。

（あぁ、感じちゃう……くぅ、授業中なのに……んなぁ、エッチなおつゆが……）

膣口が物欲しげに開閉し、蜜汁を垂れ流していた。太腿の中程まで滴り落ちている気がする。

席に戻ってからも、柚菜は気が気でなかった。

やがて授業も中盤まで進むと、黒沼はプロジェクターを準備しながら、生徒に遮光カーテンを閉めさせた。そのとき、柚菜に近づいて耳打ちをした——理科準備室で待っていろと。

もちろん嫌な予感しかしないが、逆らえるはずもなかった。

黒沼はわざとクラスメイトに聞こえるように言った。

「なんだ、トイレか？　今度から授業前にすませておくんだぞ？」

「……すみません」

「早く行ってきなさい」

柚菜は泣きたくなった。

アナル責めを受けているせいで、お腹を押さえていたので、誰もがお腹がゆるい子だと思ったに違いない。

柚菜は教室から出て、理科準備室に忍び込んだ。

すぐに黒沼がやってきた。

「来い」

理科室と通じる扉の前に押しつけられた。

扉に両手をつかされると、スカートを捲くり上げられた。黒沼はズボンを慌ただしく下ろし、屹立した肉棒をいきなり膣穴に挿入してきた。

「あ、あんんんッ！」

「なんだ、オマ×コの中がトロトロじゃないか？」

「先生……あ、あくぅ。ダメです」

「授業中に発情している奴が何を言っているんだ。向こうの部屋ではクラスメイトが真面目に勉強しているというのに、おまえときたら尻を振りやがって」

確かに尻を自然にくねらせているのは事実だった。

恥ずかしいのに、激しく突かれるたびに全身が快楽を享受《きょうじゅ》しようと沸き立った。どうしても扉が軋んでしまう。もし、誰かが異変に気づいて、理科準備室に来たらすぐにバレてしまう。ギリギリの緊張感が、柚菜の官能の炎をさらに燃やした。

「あ、あうぅ……オチ×チンが……奥に当たってます」

「おまえは身体が小さいから、マ×コも狭いんだ。アナルにディルドゥが入っているから、よけいに狭くなっている。ああ。チ×ポが食いちぎられそうだ」

「……うぅ。き、気持ちいい……あ、あくぅ」

「ディルドゥの振動がチ×ポを刺激しているぞ」

ピストン運動のたびに、凶悪な肉棒が膣穴を拡張していく。前後の穴の刺激が相乗効果のように波打ち、快楽が倍加する。

柚菜の顔は扉に押しつけられ、口からは唾液が伝い落ちた。扉の向こうから理科室の様子が聞こえてくる。

教材DVDの音声が響いているが、生徒たちの声もしている。こちらの音も聞こえているのではないだろうか。激しく後ろから責め立てられ、肉と肉がぶつかり合う音が響いている。

「どうだ？　いいか？」

黒沼が耳元で囁く
「あ、あうぅ……イイです。あくぅ」

「前と後ろとどっちがいい？」

奥まで抉ってきた黒沼がしつこく訊《き》いてくる。

「……オマ×コです」

さんざん教え込まれた卑猥な単語を口にした。黒沼は上機嫌になり、さらにヒートアップした。

「後ろの穴も第二のオマ×コにしてやるからな」

「あ、あ、あぅ……そんなのやめてください……」

「七海にも同じことをしてやった。今は立派な牝奴隷として働いている」

美桜が経営する会員制の売春クラブのことを言っているのだろう。

柚菜もいずれ同じ運命を辿るのだろうか。果てしない地獄を思うと、やりきれなくなってくる。

「だが、お前はだんだん愛おしくなってくる。だが、一方で壊したくもなる」

「ああ、イヤあ」

「いつまでも肉人形《セックスドール》でいてくれよ」

黒沼は柚菜のヒップに爪を立てながら、ストロークをさらに深くした。今にも絶頂に達しそうだ。柚菜もそれに合わせて、桃尻を後ろに突き出した。膝が震え、太腿の筋肉が緊張した。無理な体位が膣の収縮を強め、肉槍との密着度を増している。

出し入れされるたびに、快楽の火花が炸裂した。

「出すぞ。中に出すぞ!」

「あぁ、イキます。先生……あぁ、あ、あくッ、授業中なのにイッちゃう!」

子宮を押し潰されるほど強く押された瞬間、熱いものが吐き出された。射精が始まったのだ。その瞬間、柚菜の背中がブルブルと痙攣し、膣が狂おしいほど波打ちしはじめた。

悲しいかな、二人は阿吽《あうん》の呼吸で同時に絶頂を迎えたのだった。

2

放課後、柚菜は四〇〇ccの浣腸を施された。他の生徒たちは部活で教室に誰もいなかった。

『まだ我慢できるよな？』

耳につけた小型のイヤフォンから黒沼の声がした。イヤフォンは自分のスマホに接続されている。教室にはいつのまにか黒沼が設置した監視カメラがあるらしい。

『わかったら、右手を挙げろ』

柚菜はキョロキョロとあたりを見まわして、言われたとおり右手を挙げた。

いま身につけているユニフォームはエメラルドグリーン色だった。ノーパン、ノーブラなので、乳首が光沢のある生地を押し上げている。油断すると恥裂の縦筋ができてしまう。汗を吸収すると化繊が濃いブルーに変色してしまうだろう。

柚菜の手には、黒沼に没収されたパンティがあった。わざわざマジックで名前まで記されている。

（……私にいったい何をさせるつもりなの？）

柚菜は蠕動運動を繰り返しているお腹を押さえた。

『美桜が奴隷のターゲットとして選んだのは浅野彰彦《あきひこ》だ』

彼は中等部でも指折りの美少年だった。それをおごることもなく人当たりもいいので、女子にも人気があった。

「か、可哀想すぎます」

考えを変えないことは重々承知だが、懇願せずにはいられなかった。

『お前も奴隷が増えたら嬉しいだろう？　もっとも浅野が奴隷になっても、おまえとまぐわうことはないけどな』

「……」

『どうした？　おまえを今までどおり、俺専用のペットにしてやると言っているのに、喜ばないのか？　他のオッサンに抱かれたいのか？』

「あ、あぅ」

会話はまるで教室に似つかわしくなかった。

『おまえは授業中に感じまくってイッてしまうような変態だ。俺の精液をマ×コの中に入れたまま授業を受けて、さらに感じてたよな？』

「……そんなこと……ないです」

『嘘をつくな。オマ×コが濡れぬれだったじゃないか』

それは事実だったので反論できなかった。あの授業の終わり間際で、柚菜は照明が消えている理科室に戻った。生徒の何人かは、柚菜の淫臭に気づいていたようだった。

『おまえの染みつきパンティを浅野の鞄の中に入れるんだ』

「ひぃ」

『あとは俺が上手《うま》くやる』

どうやら黒沼は浅野に下着泥棒の濡れ衣を着せるつもりのようだ。

(自分が奴隷にされたのは……まだなんとか耐えられる。でも、他人を巻き込むのはダメ。絶対にできないわ)

柚菜はどこにあるかわからないカメラに向かって断言した。

「できません!」

『ほぉ、逆らうとはいい度胸をしている。それなら、明日は、授業中にウンチを漏らすか?』

「……うぅ、それは……許してください」

『ウンチのついたパンティなんて、さすがに浅野も捨てるだけだろ』

柚菜を不審に思う生徒が増えてきているのに、授業中に排便までしたら、完全に信用を失い、ただの変態に成り下がってしまう。

『これから明日の予行演習をするか?』

「……」

柚菜は慌てて首を振った。

『さっさとパンティを鞄に入れるんだ。たっぷりと躾け直してやるからな』

叱責されると、骨の髄まで黒沼への恐怖が染みついている柚菜は、身体が勝手に動いてしまうのだった。廊下に人の気配がないか確認し、浅野の席にそっと近づいた。

机の上に鞄が置きっぱなしになっていた。制服も椅子に無造作にかけられている。浅野はテニス部だったので、陰湿な黒沼は女子のユニフォームでも着せることだろう。残念ながら、浅野には似合うにちがいない。そのうち、乳房を膨らまされることになるのだ。

ジェンダーレスを名目に女子の制服まで着せるかもしれない。

『ゆ・な……早くしろ』

強い命令口調に衝き動かされたときだった。

扉が開いた。

「あれ？　白石さん、どうしたの？」

「え？」

柚菜は慌ててパンティを隠した。振り返ると、葵がいた。手にテニスラケットを持っている。

葵は柚菜の恰好を見て驚いたようだった。普通の男子なら視線を逸らすが、彼は柚菜のほうを見つづけていた。

「それって、すごいユニフォームだね」

イヤフォンから黒沼の舌打ちが聞こえてきた。

『同じ階の男子トイレで待っていろ……たっぷり仕置をしてやる』

「はい」

思わず黒沼に返事をしてしまった。

それを見た葵がクスッと笑った。

「白石さん、なんか面白い人なんだね」

「……ごめん。私、行かないと」

柚菜は逃げるようにして教室を飛び出した。

廊下で文化部らしい生徒と出会った。やはり柚菜の恰好を見て面食らっていた。柚菜はその視線に気づかないふりをして足早にトイレへと向かった。

柚菜はあたりを確認しながら、男子トイレに入っていく。女子トイレとはまったく別の臭いがした。誰もいなかったのは幸いだったが、いつ誰が入ってくるかわからない。すぐさま個室へと駆け込んだ。

しばらくすると、誰かが入ってきた。

便器に尿が当たる音が聞こえてきた。柚菜はじっと息を潜めていた。

やがてその男が個室に近づいてきて、ドアをノックした。

「ッ⁉」

心臓が止まるかと思った。

ドアを叩き返すべきか戸惑っていた。しばらくの間、沈黙が続いた。すると、突然、笑い声が響き渡った。

「俺だよ。ここを開けろ」

解錠すると男は入ってきて、すぐに柚菜の頭を自分の股間に押しつけた。

しかし、柚菜は排尿を終えたばかりの汚れた男根を躊躇することなく頰張った。

「きれいに舐め取るんだ」

「ひゃい……あむぅ」

黒沼は我が物顔で腰を突き出した。柚菜は喉を圧迫されながら、尿道に溜まった小水をチュルチュルと吸っては嚥下《えんげ》していった。一方の黒沼はスマホで撮影を始めた。

柚菜は頰を赤らめながら、小さい口を思いきり開いて、男根を舐め上げていく。ときには口から出して、グロテスクな亀頭に恭《うやうや》しくキスしたり、愛おしそうに肉竿に舌を這わせたりもした。同時に細い指でしごくのも忘れなかった。

女子中学生とは思えないほど猥褻な仕草だった。

「ふん、俺を満足させて罰を少しでも軽くする魂胆か？」

（違う……少しでも早く満足してもらわないと、もう限界が来るの）

柚菜は口腔内の粘膜をすべて駆使して、怒張に快感を与えた。

「さて、どこで排便するのがいいかな。グラウンドにするか？」

「んんんん」

柚菜は首を弱々しく振って目で哀願した。

「それとも、廊下のほうが盛り上がるか？」

「あぁ……どうか、お許しください。あぁ、このオチ×チンで……柚菜に罰を」

「セックス狂いのおまえには褒美になるだけだろう？」

一カ月前までまだ処女だったことが自分でも信じられなかった。

教え込まれたフェラチオ奉仕に真摯《しんし》に取り組んで、男が機嫌を直してくれることを祈るのみだった。

「あぁ、先生の……オチ×チン。美味しいです。逞しいおチ×ポを……オマ×コにください」

生臭い牡ホルモンを嗅ぎながら、先走り液を舐めていると、次第に気分が高揚してきた。ユニフォームが汗で濡れていく。いつのまにかヒップを突き出して、物欲しげに揺らしてしまう。生地が尻の谷間に食い込んでいき、膣襞がクチュと卑しく鳴った。

「先生の先走り液がたくさん……」

「柚菜の口マ×コに熱いザーメンを注いでください」

穢らわしい言葉も官能を燃やす燃料となった。股間がぐっしょりと濡れそぼり、ポリエステルの化学繊維が反射した。

「今日は尻マ×コの処女をもらおうか?」

「ひぃ……お、お尻は、まだ……」

排泄器官に黒沼の極太ペニスを入れられたら裂けてしまうだろう。

ここはなんとか絶頂に持っていき、考え直してもらうしかなかった。だが、そんな願いも虚しく、黒沼は腰を引いて、ペニスを抜いてしまった。太さが牛乳瓶くらいはありそうな重量級の肉棒が現れた。

黒沼は洋式トイレの便座を上げた。

「ほら、縁《へり》に足をついて跨がるんだ」

「……うぅ。ユニフォームは？」

「漏らしたいなら、そうするがいい」

黒沼は柚菜のユニフォームを捲り、乳房を露呈させた。火照った乳房は桜色に染まり、甘い薫りを発散していた。

柚菜は言われたとおり洋式便器に腰を下ろした。震える手でショーツの生地をずらして、菊門を晒した。黒沼は便器の下から撮影してきた。

「いつものようにこれから何をするか宣言するんだ」

「あぁ……はい」

尻穴がおちょぼ口のように膨らみ、ヒクヒクと激しく痙攣した。

「ほら、いつでもいいぞ」

「あぁ、男子トイレでウンチをブリブリします。あ、あ、あッ……出ちゃうぅ！」

一瞬だけ肛門がキュッと窄まったかと思うと、噴火口のようにせり上がって口を開いた。

派手な破裂音とともに黄金の花吹雪を撒き散らした。

「あぁ……あぁ、あぅ。イイッ。気持ちいい」

柚菜は泣きながら身体を捩った。

（あぁ、私……ウンチを見られながら……感じているんだわ。先生が言ったようにお浣腸が病みつきになってきたのね……嫌なのに、嫌なのに、感じちゃう……あぅぅ）

ユニフォームの股間部分が熱くなったかと思うと、滝のように黄金水が流れだした。ついに失禁したのだった。

3

「便器に手をつけ」

柚菜は便器の縁に手をついた。

便器の底では大量の排泄物が堆く積み上げられ、悪臭を放っていた。

「尻を突き出せ」

「……はい」

予想どおり熱い亀頭が押し当てられたが、今回は菊門だった。かまわず黒沼がのしかかってくる。

「ひぃ、そ、そこは違います」

「こっちの穴の処女ももらうと言っただろ？」

（膣でもあんなにキッキツなのに、お尻の穴なんて絶対に無理だわ）

柚菜は逃げ出そうとしたが、髪を引っ張られてしまった。髪がプチプチと抜ける痛みよりも、菊門を強引に開門しようとする苦痛のほうが大きかった。息が詰まって、血の気が引いていく。

「深呼吸をしろ」

「抜いてください……あぁ、裂けちゃう」

「抵抗すれば裂けるかもしれないぞ。大きく息を吐いて、筋肉をほぐすんだ」

泣きながら柚菜は便器を強く摑《つか》んだ。

お化け茸のような亀頭が半分ほどめり込んできた。蕾は拡がり、リングのように括約筋が浮かび上がった。

黒沼がさらに腰に力を込めるのを感じた。抵抗や哀願が無駄であることは、すでに身をもって知っていた。だから、藁《わら》にも縋《すが》る思いで、大きく呼吸をした。黒沼もそれを感じ取ったようで、吐くときは動きを止めたようだった。そのお陰で、若干、痛みが和らいだ。

「また力が入っているぞ。破瓜《はか》のときを思い出して、呼吸を整えるんだ」

「は、はぁ……うぐぅん……」

柚菜が深呼吸して肛門括約筋を緩ませると、黒沼の男根が少し前進した。そうして着実に菊門の中に潜り込んでくる。

ついに亀頭のもっとも太い部分が菊肛を突破した。

「んひぃぃ!」

柚菜は思わずのけ反った。

まさに処女喪失にも勝る衝撃だった。

「これで後ろの穴も俺がもらったことになるな。どうだ? 男子便所で処女を捧げる気持ちは?」

涙が零れ落ちた。

自分の糞便が飛び散った便器からは、醜悪な臭いが湯気のように立ち昇り、存在感を主張した。

(男子トイレで肛門まで犯されて……うぅ、こんな中学生なんて他にいないわ)

柚菜は自分が惨めで仕方がなかった。

初体験のときは襞を引き裂かれるような恐怖があったが、直腸は圧迫感こそあれ、激烈な痛みは入口に集中していた。

「根元まで入ったぞ。アナルセックスの醍醐味を教えてやる」

「……い、いやぁ……」

「さっき抜いてくれと言っただろう。引き抜くときの感覚は病みつきになるぞ」

不気味な宣言とともに、黒沼は男根を後退させはじめた。その瞬間、柚菜の目の前に極彩色の火花が飛び散りはじめた。

(どうしてこんな感覚が？　これって絶頂に達したときに見たことがあったけど……)

先ほどまで肛門が引き裂かれるような痛みがあったのに、気づくと快感に変わりつつあった。むず痒い部分を掻くときの間隔を何十倍にしたような気持ちよさだった。

「最初だから、ゆっくりと馴らしてやる」

黒沼の口ぶりだと、序の口にすぎないようだが、柚菜にとっては最初からクライマックスだった。肉棒がゆっくりとアナルから出入りする。挿入されるときは胃が圧迫されて、内容物を吐き出しそうになるが、抜かれるときはまるで排便しているかのような感覚に陥《おちい》った。

「どうだ？　感じてきたか？」

「……あんんッ、き、聞かないでください……」

「おまえは浅野を助けようとしたが、こんなに気持ちいいことを独占したかっただけじゃないのか？」

「ううう……違います……あ、あくぅ、お尻がぁ」

柚菜はいつの間にか狂おしい快楽に翻弄《ほんろう》されていた。黒沼がユニフォーム越しに陰裂を擦りつけた。

「見てみろ？　これは何だ？」

柚菜に自分の指を差し出した。指の間に蜜汁が糸を引いていた。

「んあうぅ」

「舐めるんだ」

柚菜は仕方なく指を咥えた。

奉仕後に味わう自分の蜜ジュースの味がした。失禁しているので、アンモニア臭もしていた。おぞましい味のはずなのに、習い性になっているのか身体が疼いてしまう。

後ろの穴を凌辱されているというのに膣が口を開いている。

スローテンポだったピストン運動が次第に速まると、直腸内部から灼かれるように身体が熱くなる。

「どうだ？　感じてきただろう？」

「……うぅ。違う」

柚菜の背筋に汗が流れた。近い将来、排泄器官が第二の性器として生まれ変わる予感がした。

「浅野にもこの快楽を教えてやるのが教師の務めだと思わないか？」

「本人が望んでいないのに……」

「お前も未知の快楽を知って、世界が広がっただろう。美少女としてちやほやされる軽薄な世界よりも、奴隷として生き、快楽を与えられるほうが深みのある世界のはずだ」

「あぐぅ」

「さんざん感じまくってきたんだから否定もできまい」

苦痛や不快感、羞恥などといった負の感情とは背中合わせで妖しい世界があることを身をもって知ってしまった。

果たしてこの異常な世界から抜け出せるのだろうか。たとえ黒沼を殺すことができたとしても、映像などの証拠が残っている。一瞬逃げ出しても無傷でいられるわけもなかった。

（それならいっそ快楽にすべてを委ねて……）

そんな考えが頭をよぎったとき、男子トイレのドアが開いた。

足音からして、一人ではなさそうだ。

「ッ!?」

柚菜は息を止めた。黒沼も肉棒を根元まで挿入したまま制止した。

「富嶋くんってテニス上手いんだね。コーチから一セット奪うなんて高等部の先輩でもできやしないよ」

「たいしたことないよ。浅野くんの前衛のポジションのお陰さ」

どうやらクラスメイトの浅野と転校生の葵のようだった。

声だけ聞くと、二人とも声が高く女子のようである。

「彰彦と呼んでくれていいよ」

「それなら僕のことも葵と呼んでくれないかな。転校してきたばかりで、早くみんなに馴染みたいからね」

「わかったよ」

物音から二人が小便を始めたことがわかった。

すると、黒沼がピストン運動を静かに再開した。柚菜は上半身を起こされ、狭い個室で位置を移動させられた。もちろん物音がしたので、少年たちは一瞬押し黙った。

柚菜はドアに押しつけられた。

薄い壁の向こうに、少年たちの息遣いが伝わってくる。

(バレてしまうから動かないで、お願い)

背後を振り返って黒沼に訴えたが、男は不敵な笑みを浮かべ、肉棒を強くねじ込んできた。

肉竿に菊蕾の周辺がおちょぼ口のように絡みついた。妖しい快楽を知ってしまった腸壁が、まるで待ち構えていたかのように、柚菜の身体を狂わせていく。

「んひぃ」

思わず声が洩れてしまい、柚菜は慌てて口を押さえた。

彼らに聞こえたはずだ。

黒沼が柚菜に囁いた。それはできないと首を振ったが、強要するようにロングストロークを加えられた。

柚菜は喉に手をあてて、低い声を出した。

「……ご、ごめん……トイレット……ペーパーがないんだ。な、投げてくれないか」

「オーケー」

葵がすぐに返事をしてくれた。トイレットペーパーを用意して扉の前に立つのがわかった。緊張で汗がドッと噴き出た。

その間も黒沼は滾《たぎ》った肉棒で柚菜の肛門を嬲りつづけた。昂《たかぶ》っているのか、鼻息が荒かった。

「じゃ、行くよ?」

トイレットペーパーが頭上から降ってきた。黒沼がキャッチした。

「あ、ありがとう」

「で、ひとつ質問いいかな? さっきも訊いたけど、白石さんって誰かと付き合っているの?」

柚菜は心臓が止まりそうになった。さすがの黒沼も驚いたようで、じっとしている。さらに葵が言葉を続けた。

「他の子に尋ねても微妙な顔をされたんだよ」

バレているのかと思ったが、そうではなかった。浅野に話しかけているのだ。少しホッとした。

「気になるの?」

「僕も彼女に惹かれるんだ」

「……も?」

「そう。彰彦もそうだろ？　いつも授業中に彼女のことを見てるだろ？」

葵のいきなりの告白に浅野も驚いたように口をつぐんだ。

「そ、それは……僕は何も知らないよ。誰かと付き合っているふうではないけど」

「僕は黒沼先生が怪しいと思ったけどね」

二人はやがてトイレから出ていった。柚菜は少し安堵する。

「……」

「俺と付き合っていると教えてやればよかったのにな」

黒沼は柚菜にスマートフォンを渡し、自撮りモードに切り替えた。

「どうすれば？」

「初のアナルセックスを自分で撮影するんだ」

画面には自分の顔だけでなく、剥き出しの乳房が映った。黒沼の手が伸び、乳房を強引に揉まれた。指の間から肉がはみ出すほど強く揉んできた。

痛いはずの愛撫が、すぐに快楽に変わった。

黒沼の挿入も激しさを増していった。柚菜も自ら お尻を突き出して、腰をくねらせた。蜜汁が膝付近まで垂れていた。画面に映る自分の顔は発情した牝そのものだった。

「どうやら、あいつらはおまえのことが好きなようだな」

「うぅ……それは言わないでください」

「二人とも奴隷にして、俺と柚菜の熱い交わり見せつけて、後処理だけをさせてやるのも一興だ」

「あ、あくぅ……」

「ちゃんとあいつらに奴隷の作法を教えるんだぞ」

黒沼は妄想でさらに昂奮していった。

悲しいことに柚菜の箍《たが》も外れ、一気にアナル快楽が高まり、頭が真っ白になる。

「あぁ、イクッ！　イキますッ」

「おまえは便器だ。男の性欲処理専用の穴だ」

「あ、あくぅ！」

「だが、あいつらに股を開くのはダメだぞ。あいつらは童貞のまま、牝イキを教えてやるんだから」

黒沼は唾液を飛ばしながら、肉棒を直腸の奥まで突き刺した。

「んなぁ……イクッ！　お尻でイクゥゥーーッ！」

柚菜も同時に絶頂に達してしまった。

いつの間にか、パンティをどこかに落としていた。

そして……。

翌日、股間にペニスが生えた。

4

柚菜はその日、学校を休んだ。

「大丈夫か？」

心配した父親の佑一郎《ゆういちろう》が部屋を覗いてきた。

「うん、大丈夫。今日は学会でしょ？」

「そうなんだよ、すまない。何か欲しい物はあるか？」

柚菜が首を振ると、佑一郎はドアを閉めようとした。

「お父さん」

「どうした？」

「……性が変わる動物っているのかな？」

股間で存在感を主張するペニスを押さえながら訊ねた。

「ああ、いるよ。魚類に多い。なんと五百種もいる。環境的な要因によって、性転換するわけだ。たとえば……」

職業柄、突然饒舌《じょうぜつ》になった佑一郎は途中で押し黙った。柚菜の表情を汲み取ったのだろう。

「何かあったのか?」

「お母さんはお父さんと結婚できて幸せだっただろうね」

柚菜は少し微笑んだ。それにつられて佑一郎も照れくさそうにはにかんだ。

「運命というやつかな」

佑一郎が家を出たあと、柚菜は一日中寝てすごした。

目が醒めたら、いつのまにか暗くなっていた。

空腹を感じてリビングに行くと、誰かが座っていた。目を凝らすと、なんと黒沼だった。

テーブルにはブランデーの瓶が置かれていた。それは佑一郎がなにかの祝でもらってきたものだ。下戸《げこ》の佑一郎は飾るだけだったが。

「不用心だな。玄関の鍵が開いてたぞ」

「な、なんでここに?」

「今日はどうしたんだ？　授業中にウンチを漏らす約束だっただろ」

すでに黒沼は酔っているようで、顔が赤らんでいた。

半開きの目でこちらを睨んでくる。柚菜はピンク色のパジャマ姿だった。最近の身体の成長に追いついていけず、少し小さくなっていて身体のラインがくっきり出てしまっている。

「ずいぶんエロい身体になってきたな」

「……もう帰ってください」

「ここで脱げ！」

「そろそろ父が帰ってきますし」

「それは嘘だな。泊まりがけだということは調べがついているんだよ」

黒沼がよろめきながら立ち上がった。いつも以上に狂気を孕《はら》んでいた。柚菜は思わずあとずさった。

だが、あっけなく肩を摑まれ、いきなりキスをされた。アルコール臭で吐き気がした。

柚菜は仕方なく差し出された舌に恭しく舌を絡めた。黒沼がドロドロした唾液を垂らしてきた。

（……あ、勃《た》ってくる）

自分のペニスがパンティの中で盛り上がりつつあった。

女の快楽を教えられれば男根など生えてこないかもしれないと期待したのは甘かった。男性が味わう疼痛のようなものが蘇《よみがえ》ってきた。

「ほら、さっさと脱ぐんだ」

黒沼が柚菜のパジャマのボタンを外した。

肌着が露になった。黒沼はそこに鼻を押し当てて匂いを嗅いだ。きっと蒸れた体臭が匂うはずだ。

「ああ、これが少女の匂いか」

「嗅がないで……ください。あぁ、やめてぇ」

肌着を突き上げる乳房に黒沼はむしゃぶりついた。

「なんだ、ノーブラか？」

「んんん」

「明日から、洗っていないパンティとブラ……それにキャミソールを着て登校しろよ」

「ひッ……また、売る……つもりですか？」

どんな男たちが自分の下着を買っているのだろう。それをどんな目的で使っているのだろう。自分の恥ずかしい粘液で汚れたパンティが利用されていることを考えると怖気が走った。

「なに言っているんだ？　浅野と富嶋に穿かせるんだ。だが、最初から二人だと大変だから、浅野から取りかかるか。その次に富嶋だ。だが、あいつはガキのくせに勘が鋭いから気をつけないとならない」

黒沼はどうやら葵を警戒しているようだった。

しかし、今は幼い美少女の肉体に集中していた。肌着を肩からずらして、乳房を剝き出しにすると、乳頭を甘く嚙んできた。

「くひぃ……んんッ」

「あいつらもオッパイで感じるようになるだろう」

「男の子なのに……可哀想……です」

「すぐに美桜の知り合いの医師に処置してもらわないとだな」

黒沼はもう片方の乳房を揉みはじめた。

ゴム鞠のような弾力のある乳房を強引に搾り出したり、歪んだ形になるほど握りしめた。

「面白いだろ？　男なのにオッパイができるんだぜ？」

「んんあぁ」

突起した乳頭を舌先でレロレロと舐め上げられた。

（彰彦くんに……葵くんも、私のように身体を好き勝手に弄《もてあそ》ばれるんだわ。でも、二人は男の子で女の子が好きだというのに……しかも、私のことを好きらしいのに）

たまたま二人の胸の内を知ってしまった柚菜は複雑な心境だった。

彰彦とは一年生から同じクラスで、彼には少なからず好意を持っていたし、転校生の葵には神秘的な魅力を感じてもいた。

（でも、私に男子から好かれる資格なんてないの……先生の奴隷だということが知れたら、どんな目で見られるか。きっと、私は二人の前で恥ずかしいことをさせられるはずなんだわ……）

そうした悲しい気持ちとは裏腹に、男根の疼きは増し、パンティから亀頭がせり出した。

そのとき、柚菜の頭の中を浅ましい考えがよぎった。

（あの二人が私と同じ身分まで堕ちてきたら……ああ、そんなことを望んだら絶対にダメよ）

黒沼がブランデーを口に含み、そのまま柚菜に口づけをしてきた。唾液混じりのアルコールが口の中に流し込まれ、身体がカッと熱くなった。

「いい味わいだろ？」

「うぅ」

「しかし、こんな上物がよくあったな」

黒沼はブランデーのラベルを惚れぼれと眺めた。ラベルは少し色褪せていたが、「宮守」と記されていた。

「ノストラダムスの大予言なんておまえらは知らないだろうな。一九九九年の七月に人類が滅亡するという話をみんな信じていたんだ。ミステリーサークルなんていうのも話題になったんだぜ」

「……」

「その村がこのブランデーを作っていた宮守村だ。今は廃村になったらしいが」

つまりこのブランデーは二十以上前のものだということになる。それにしては、黒沼はあまり味わっているようには見えなかった。

「おまえももう少し飲んでみるか？」

「……」

柚菜は首を横に振った。

(オチ×チンが生えている……この身体を見られちゃうから、お酒で酔うわけにはいかないわ)

柚菜が黒沼の隙をついて逃げ出そうとした。

しかし、たちまち上着を剝ぎ取られてしまった。残されたのはパジャマのズボンだけだった。

「なんて恰好だ……だが、生活感があってよろしい」

黒沼はズボンとパンツをすべて脱いでいた。他人の家だというのに、学校よりも大胆だった。

色黒な大ぶりの肉棒が垂れ下がっていた。半勃ちまでいってないのに、すでに重量感があった。魚の腐ったような不浄な香りがプンプン臭ってきた。

「ほら、咥えろ」

「……はい」

「一滴も零すなよ」

「え?」

「俺が濾過《ろか》してやった特製ドリンクだ」

萎んだ肉棒が一気に膨らみはじめた。

「ひぃ」

「おら、しっかり受け止めるんだ」

そう言うやいなや、黒沼は放尿を開始した。

勢いよく生温かい尿が柚菜の喉を打った。

（口にオシッコをするなんて……それを、私はどうして）

強く憤《いきどお》りながらも、男に逆らえない柚菜は嚥下するしかなかった。喉が灼けるように痛く、胃がムカムカした。心を殺して懸命に流し込んだ。だが、なかなか放尿は終わらなかった。

ついに口の中に収めきれなくなった尿が口の端から溢れ出した。

「んぐぅ……んん」

「どうだ？　特製ドリンクは美味いだろ？　お子様にはちょっとビターかな？」

黒沼は意地悪く排尿の勢いをコントロールして、柚菜の口の中を凌辱しつづけた。

もしかしたら、他の少女にも同じことをしていたのかもしれない。だが、自宅まで乗り込まれてこのような行為をされたのは柚菜だけのはずだ。

ようやく放尿が終わりそうだった。

「ちゃんと吸え。尿道の中に留まったのも全部吸い出すんだ」

柚菜は男の肉槍を咥えて、チュッチュッと音を立てて吸った。それが気持ちいいのか、黒沼は身を震わせ、今度は勃起が始まった。

味が明らかに変わった。尿道から先走り液が溢れ出してきたのだ。

（精液だって何度も飲んでるんだから……お、オシッコだって同じようなもんだわ）

柚菜は自分を納得させようとしたが、胃が逆らおうとしていた。

だが、悲しみに暮れる余裕もなくフェラチオに移った。

（勃起を早く沈めないと、私の秘密が……）

柚菜は激しく頭を前後に動かした。亀頭が喉の奥に何度もぶつかり、空嘔吐に噎せた。

「口マ×コも使えるようになってきたな」

「……せ、先生の教えのおかげです……んんちゅ、んぷぅ」

「まぁな。俺の教え子《ペット》たちは、半年くらいでプロ顔負けのテクが身につくからな」

「んん……」

「浅野たちは男だからお前よりもフェラの勘所がいいかもしれんぞ？」

「んちゅぅ、んん」

射精に導くために、柚菜は肉竿に舌を激しく絡みつけた。

「お前が先輩奴隷として見本を示すんだぞ」

「……ひゃい。んぐ、むぅん」

「よし」

黒沼がさらにブランデーを呷《あお》った。

おもむろに肉棒を引き抜こうとしたが、柚菜は身体にしがみついた。

「お、なんだ、フェラがいいのか？」

「んんん」

いっそう激しく頭を動かしたが、額を押されて肉棒を引き抜かれた。

黒沼は柚菜を押し倒し、パジャマのズボンとパンティを摑み、一気に引きずり下ろした。

5

「なんだ、これは!?」

黒沼が素っ頓狂な声をあげた。

柚菜の股間にはペニスがあるばかりか、勃起しているのだから、驚くのも当然である。

「見ないでください」

「……股を開いてみろ」

黒沼は柚菜をM字開脚にさせた。股間をじっと覗き込み、唖然としている。

成人男性のペニスに比べると小さいかもしれないが、それは紛れもない男性器だった。ほぼ肌色で、浮き上がった静脈が透けて見えている。剝けた亀頭もサーモンピンクで初々《ういうい》しかった。

「……酔いすぎたようだ。しかし、立派なクリトリスだな」

黒沼はそれだけ言うと、いきなり柚菜の股間に顔を埋《うず》めてきた。とたんに何とも言えない生温かさが男根を包んだ。

「んひぃ！」

ジュルジュルと卑猥な音をわざと立てながら、黒沼がフェラチオをしてきたのだ。

黒沼は酔いも手伝って自分で自分の行為に興奮しているのか、雁首を唇で締めつけたかと思うと、尿道口を尖らせた舌先で責め嬲ってきたりした。

柚菜の無垢な肉竿が乱暴にしごかれたのだ。

「んあぁ、あひぃぃ……やめてぇ！」

「おまえはいつも嫌がってばかりだな。せっかくなんだから愉しめよ」

黒沼はペニスを見て驚いたものの、すぐにフェラチオに没頭している。

「先生は私にこんなものがあるのに抵抗がないの？」

「ああ、女には飽きていたのかもしれんな」

黒沼がシックスナインの体勢になった。

柚菜も黒沼の肉棒を片手で竿を擦りながら丁寧に舐めていく。

「しかし……なんなんだ、これは」

柚菜の大陰唇もまた男の陰嚢のように丸く膨らんでいる。黒沼はそれを面白がるように舌で転がした。

「んぐぅ……痛いッ」

「おお、しっかり勃起したようだな」

黒沼は急に立ち上がり、再びブランデーを呷ると、筋肉質な尻を突き出してきた。

「それで俺を犯してみろ」

「え？」

柚菜は愕然とした。

「ほら、せっかくのペニスだ。いつも俺がやっているようにやってみろ」

怒声を浴びた柚菜は男の腰を渋々掴んだ。いつも受け身の柚菜だが、男の窄まりを見ていると、妖しい気分になってきた。

(それなら、いつも私がどんな気持ちか知るといいわ)

憎しみを爆発させるように柚菜は自分のいきり立った肉棒を菊座に押しあてた。しかし、すぐに跳ね返されてしまった。

「腹に力を込めて、ぐっと押し込むんだ」

「……はい」

柚菜は息を止めて、肉棒をねじ込んでいく。

亀頭を挿入するだけでも、全身から汗が噴き出した。亀頭が強烈に締めつけられたが、なんとも言えないむず痒さが沸き起こり、絶大な快感を生み出していた。

自然と腰を突き立ててしまい、背筋が反り返る。

(男の人はみんなこんな気持になるのかしら。なんというか、征服感のようなもの……)

恋愛経験のない柚菜だが、先に肉体の交わりが男性との交流手段になっていた。しかも、自覚はなくとも黒沼の影響を受けて歪んでいる可能性が高かった。

柚菜は黒沼にやられたことを思い出し、ペニスが馴染んできたのを確認すると、次第にストロークを長くしてピッチを速めていく。

「おおお、すごい感覚だ。病みつきになるのもわかるわ」

「先生のお尻がヒクヒクしてますよ。とってもエッチですね」

気を利かせて柚菜は黒沼を煽ってみた。

「小娘に俺は犯されているのか。なんという倒錯。もっと奥まで突いてくれ」

黒沼は譫言《うわごと》のようにそう言い放ち、ペニスからカウパー氏線液をだらだらと垂らしていた。

「私の気持ちがわかりますか？」

柚菜は思いきって質問した。もしかしたら、黒沼が心変わりをしているかもしれないと期待したのだ。

「わかるぞ、わかる。これは最高じゃないか。俺のものをぶっ込まれて、気持ちよすぎて目をひん剝いてアクメに達する」

「……」

やはり黒沼は黒沼でしかない。怒りが湧いてきた。だが、そのとき柚菜はバランスを崩して、尻餅をついてしまった。

「なんだ？　俺はまだイッてないぞ？」

「いやぁ！」

今度は柚菜に黒沼が馬乗りになり、そそり立つ少女のペニスを自分の尻の穴に埋めた。

「浅野たちもこうやって、脂ぎったオッサンやデブのババアに犯されるんだろうな」

柚菜の乳房を力強く揉みながら、黒沼は腰を前後に動かした。

動きが激しすぎて男根が折れてしまいそうになる。

「やめてぇ！」

「少しは自分に素直になってみろ」

「くぅ……」

「おお、イクぞ。しごけ。俺のチ×ポをしごくんだ！」

命じられたとおり黒沼の肉棒を忙《せわ》しなく擦った。ますます男の動きが速くなり、柚菜もいつのまにか腰を突き上げていた。

黒沼の肉棒が痙攣を始めた。それと重なるように、柚菜の白濁液も尿道を駆け抜けた。

二人のペニスが同時に白濁液を大量に噴出した。

「おお、尻の穴でイッているぞ。こりゃ最高だ」

「イクッ、イクッ、イクゥ！」

黒沼は高笑いしながら、腰をくねらせた。

柚菜の射精が終わった頃、黒沼に異変を感じた。急にがくんと項垂れてたかと思うと、顔を上げた。

だが、こちらを見ているものの、どこか上《うわ》の空で目もとろんとしている。酔っているのだろうか。

「先生、どうかしましたか？」

「……申し訳ないです」

「え？　どうしたんですか？」

突然の変化に柚菜は混乱するばかりだった。もしかしたら、何か企んでいるのかもしれない。抑揚のない声は不気味でしかなかった。頭がおかしくなったのだろうか。

「何か質問はありますでしょうか？」

下手なことは訊けないが、相手が望んでいるのだから、恐るおそる質問してみた。

「……なんで、こんなことするんですか？」

「それは私が郭公《かっこう》だからです」

意外なことに素直に返答があった。

「郭公って、あの鳥の？」

「郭公は自分の卵を他の鳥の巣に産んで、あげくその巣の卵やヒナを放り出し、自分だけを育てさせる、あの忌まわしい鳥です」

「それがどうしたんですか？」

「私の本当の母親は中学で私を出産して、棄てました……私は育ての親と折り合いが悪く、長年その理由がわかりませんでしたが、やがて出生の秘密を知って納得できました」

黒沼も複雑な家庭で育ったのだ。だからといって、今の生き方を正当化できるものではない。

「どうして、私たちをこんな目にあわせるんですか？」

「この世の中を憎んでいるからです。私と同じような不幸な人間が増えるのを願っています」

「……どれだけの女の子を不幸にしたかわかっているんですか？」

「いいえ、覚えていません」

あの秘蔵ＤＶＤ以外にも被害者はいるのだろう。

黒沼はどうやら真実を語っているようだ。

「もう帰ってください！」

「わかりました」

黒沼は裸で立ち去ろうとしたので、柚菜は男に向かって服を投げつけた。

第五章　新たなる奴隷たち

1

「棚からぼた餅とはこのことだな」

黒沼はいつものように冷ややかに笑っていた。

柚菜の身体からペニスが消えてすでに三日が経っていた。黒沼は柚菜のペニスのことなど忘れたかのように、幼い肉体を貪り、それを撮影した。不思議なことに、黒沼はあの夜のことをいっさい口にせず、柚菜のことを確かめようともしなかった。元に戻ったクリ包皮には気づき、再び医療用接着剤で巻き上げられてしまったのだが。

それに関しては黒沼は首を傾《かし》げていた。

「一カ月で外れるのも早いすぎる気がする。それに、おまえの後ろは処女のときと変わらない」

しかし、柚菜は変化を感じていた。この三日間、アナルを集中的に責められ、キツい締めつけで黒沼を悦ばせた。その一方で、拡張される苦痛に苦しんだ。まるでリセットされたように感じられるのだ。そのくせ、感度だけは維持されていた。黒沼を犯したことで、柚菜は男女両方の快楽を知り、その快楽はより深いものへと進化していたのである。


そして今日、柚菜の体操服がなくなっていた。

黒沼が教室に設置した隠しカメラに犯人が映っていた。なんと浅野彰彦だった。

その本人を理科準備室に呼び出したところである。

柚菜は制服を脱がされてから机の下に隠れて、黒沼の肉棒に奉仕していた。

当然のように浣腸を七〇〇ｃｃも施されていた。肛門はバイブで栓をされ、その上からパンティを穿かされていた。

(なんで私の体操服なんかを盗んだのかしら……)

すべてが黒沼の思いどおりになっているような気がしてならない。

「先生、浅野くんを奴隷にするんですか?」

「ああ、そういう依頼だからなな」

「……今度は浅野くんに犯されたいんですか？」

「何を言っているんだ？　俺があいつを女のように泣かせるに決まっているだろ」

柚菜はそれを聞いて驚いた。三日前の出来事は夢だったのだろうか。

しかし、あれは黒沼の隠された本心に思えた。しかし、何も憶えていないようなので、変に追及して思い出されても困る。

「これでも見ていろ」

黒沼がタブレットを渡してきた。

画面には今いる理科準備室が映っている。複数の監視カメラの映像が切り替わるようになっていた。

（浅野くんも無理やりアブノーマルな性癖を植えつけられるのね……わかっていても助けることができないんだわ……）

無力感に苛まれていると、扉が開く音が聞こえてきた。

「失礼します」

「なんだ？　二人できたのか？」

予定が狂った黒沼が苛《いら》つくのがわかった。その証拠に、柚菜のバイブをぐいぐい押してきた。

「僕がいたら邪魔でしょうか?」

中性的な声だった。

(葵くん!?)

タブレットには彰彦と葵の姿が映っていた。

「まぁ、いい」

黒沼の声は不機嫌だったが、それとは相反するように肉棒がびくんとしなった。黒沼は美少年の葵も狙っているのだ。これから一気に二人を奴隷にする気になったにちがいない。

「浅野、なぜ呼ばれたかわかるか?」

「……いえ、わかりません」

「今朝、白石の体操服がなくなったという話をしたよな?」

彰彦が明らかにソワソワしはじめた。

(やっぱり……彰彦くんが……でも、なぜ)

容赦のない黒沼が尋問を開始した。

「これを見てみろ」

黒沼がノートパソコンの画面を彰彦に向けた。この件とは無関係の葵がいるが、黒沼はわざと見せたのだろう。

「ああ、これは……消してください」

萎縮した彰彦に対し、凄みを利かした声で黒沼が威嚇した。

「自分のやったことを直視するんだ」

「……」

沈黙が続いた。

その間も柚菜は肉槍に舌を絡めて、奉仕を続けていた。バイブの羽音をエアコンの作動音が消している。

「さて、うちの学校では窃盗が認められた場合、停学になるが、このまま女子の体操服を盗んだ変態というレッテルを貼られたまま生きていくつもりか?」

「……」

「まずは家族に連絡するか」

「それだけはやめてください。お願いです」

彰彦は消え入りそうな声で懇願した。

黒沼の肉棒がびくんと跳ねた。美少年をいたぶって興奮しているのだ。

「何でも言うことを聞くなら、ここだけの話にしてやってもいいんだぞ？」

「お願いします……何でも言うことを聞きます」

彰彦の声のトーンが変わった。一縷の望みにすがろうとしているのだ。

「この教師の言っていることはおかしいよ。言うことなんか聞くな」

葵が口を挟んだが、彰彦は黙ったままだった。

「ごめん……葵くんは帰ってくれないかな？」

「いや、帰ってもらっては困る。こいつがおまえのやったことをバラすとも限らないからな」

黒沼が難癖をつけた。

「そんなこと人に言うわけないだろう！」

珍しく葵が声を荒げた。

「ほぉ、転校生は犯罪者の肩を持つというわけか。体操服を盗まれた白石がどんな気持ちになったか考えたことがあるか？　きっと不快だったはずだぞ。クラスメイトを疑いたくないから、泥棒が侵入して盗んだにちがいないと言っていたくらいだ」

柚菜は目を見開いた。

そんなことは言っていないし、彼が謝るなら見逃してもいいと考えていたくらいだ。体操服を盗むことなど黒沼の悪行と比べたら可愛いものだ。

自らの非道な行いを棚に上げて、相手を糾弾《きゅうだん》する神経が異常だった。

怒りが沸いてきてフェラチオがおろそかになったせいか、バイブが一段と激しく動きだした。黒沼が遠隔操作したのだろう。

「まずはそこで服を脱いでもらおうか？」

「そんな必要があるでしょうか？」

葵が食ってかかった。しかし、黒沼はそれをせせら笑い、肉棒をさらに硬くさせた。

「体操服を隠し持っているかもしれないからな」

「……」

「さっさとしないと、職員会議でこの件を報告することになるだけだ。そうなれば、おまえの人生は終わりだ。ここを退学しても、悪い噂はついて回るだろう。この時期の転校にはただならぬ事情があると受け入れ先も考えるだろうしな」

まさに葵の転校はイレギュラーなタイミングだった。両親の仕事の関係だと推察したが、本当の理由を聞いていなかった。

ついに彰彦が制服を脱ぎはじめたようだった。

葵も唖然としたのか黙っていた。黒沼だけがペニスを躍動させ、大量の先走り液を溢れさせていた。

「まだ一枚残っているが？」

黒沼が催促するように手拍子をした。

タブレットをそっと見ると、彰彦はボクサーパンツも脱いでいった。

やがて全裸になった少年の身体は華奢《きやしや》で、全体にうっすら脂肪が載っているだけで、小学校高学年の女子にも見えなくはなかった。

海パンの日焼けの跡が妙に生々しかった。

逸物はすっかり縮んでいた。

（陰毛も薄いし、まだ子供なのね。でも女子として通用しそうだわ）

初めて見る男子の身体を値踏みしていることに気づいた。

（いったい私は何を考えているの？）

彰彦を素材として見ている自分が許せなかった。

（でも、私に何ができるというの？）

糞便が出口を求めて腸内で駆け巡っている。アナルバイブで栓をしていなかったら、すでに限界を迎えていただろう。

「ふむ……さすがに白石の体操服を着てはいないかったか」

「……」

「さて、質問を続けよう。盗んだ体操服を使ってオナニーをしたか？」

彰彦は慌てて首を振った。

「それなら、着ただけか？」

「……」

「沈黙は、是《ぜ》ということだな」

黒沼は好き勝手に解釈して話を進めていった。

（先生は彰彦くんを誘導しようとしている。黙ってたらダメよ）

心では応援していたが、無力な中学生が狡猾《こうかつ》な大人に勝てるわけがなかった。

「白石の体操服が盗まれたと知ったとき、あることが頭に浮かんだ。それが何かわかるか？」

「……」

彰彦が首を振った。

「いまジェンダーレスというのが流行《はや》っているのを知っているよな。学校の制服もそれに対応していかないと時流に乗り遅れるだろう」

黒沼が何を言い出したのか意図がわからず、二人は押し黙ったままだった。

だが、柚菜には男の姦計がわかっていた。

「……つまり、おまえが本当は女になりたいんじゃないかと思ったわけだ」

「え!?」

「あんたは頭がおかしいのか？　それでも教師か？」

葵が身を乗り出して訴えた。

「白石も心配していた。体操服を盗んだ人はひょっとしたら女の子になりたいんじゃないかと……もし、そうなら事を荒立てないでほしいと懇願されたよ。実際のところ、どうなんだ？」

「黙れよ！」

「黙るのはおまえのほうだ。部外者のくせに、何がわかる。おまえに浅野の気持ちがわかるのか？」

葵の声に黒沼が怒声を被せた。

「……」

「男の性に違和感があるんだろう？」

一転して彰彦に優しい声で話しかけた。

「……」

「女になりたいんだろう？」

「……うぅ！」

彰彦は目尻から涙を滴らせながら頷《うなず》いた。

「つらい告白をよくしてくれたな。おまえはそのことを相談にきたってことだな」

少年がこくこくと頷いている。葵はそんな彰彦を見て驚いている。

「よし、俺が協力してやろうじゃないか」

黒沼が紙袋を手にした。そこには柚菜が脱いだセーラー服と下着が入っていた。

「それを着てみろ」

2

紙袋の中を覗いて彰彦は身体を硬直させた。

「白石のだ」

「え？」

「白石が協力してくれたんだ。遠慮なく着てみろ」

「女子の制服なんて、着られません」

　彰彦が紙袋を落とした。

「二択だ。セーラー服を着て学校生活を送るか、性犯罪者の烙印を押されて退学するか……好きなほうを選ぶがいい」

「この教師はおかしいよ。他の先生に相談しよう！」

　葵が理科準備室から出ようと促《うなが》したが、彰彦は動かなかった。それどころか、床に落ちたセーラー服を拾い上げて着た。

「スカートがキツいだろうから、ウエストのホックを緩めるといい」

　彰彦はスカートを着用した。丈が短いから、小麦色の太腿が剝き出しになった。タブレットに映る彰彦はスポーツ少女のように見えた。

「おい、そこの転校生。黙ってないで感想を言ってやれ」

　黒沼が腰を前後に動かした。どうやら、少年の女装姿に興奮しているようだ。

（似合うとも、気持ち悪いとも答えられるわけがないわ）

　実は葵もまた美貌の持ち主だから、彼も女装が似合うだろう。

　バイブが床に触れ、振動音が響いた。

　柚菜は慌ててバイブを押し込んだ。お尻の奥のものが逆流しそうになるのに、抗《あらが》えない快感もあった。股座は失禁したかのように濡れ、パンティがぐっしょりだった。

割れ目にそっと指を這わせてみた。小さい肉豆を転がすと、身体が痺れるような快感が走った。いけないと思っても止まらなかった。

(あぁッ……彰彦くんも私のような変態になるんだわ)

柚菜は彰彦のことも諦めてしまった。黒沼から逃げられる生徒がいるわけがないのだ。

彼が堕ちたのなら、柚菜は助け合おうと思っていた。いや、本音では、仲間が増え、傷を舐め合うことを、期待しているのかもしれない。

「さっきの威勢はどうした？」

黒沼は葵に詰め寄った。

「……だって、彰彦は……」

その先が続かなかったが、この場にいる全員が真実を知っていた。

彰彦は柚菜のことが好きなだけなことを……。性同一性障害でないことは明白だった。

黒沼は椅子を引いて、慣れた手つきで逸物をズボンにしまった。

悪魔がついに動きだした。標的が葵に移ったのだ。

「おまえも突然の転校だったな。調べたら、埃《ほこり》の一つや二つは出てくるんだろう？」

胸ぐらを摑んだ。

「何をするんだ！」

葵が黒沼の手を摑んだ。

「なにぼうっとしているんだ。手を貸せ」

黒沼が彰彦を叱責した。

「……あぁ、葵くん、許してくれ」

彰彦が葵を背後から羽交《はが》い締めにした。

「離すんじゃねーぞ。まずはズボンからだ」

黒沼が一気に葵のズボンとパンツをずり下ろした。驚くことに、プルンと飛び出したのは屹立したペニスだった。しかも、亀頭が完全に剝けきっていた。色合いは初々しかったが、なんと無毛だった。さらに何か烙印のようなものまである。

（あれって、美桜という人のところにいた男の子たちといっしょのもの？）

恥丘には数字で「8」と記されていた。

それを見た黒沼は高笑いを始めた。

「こりゃ、拾いものだぜ。おまえは少年売春で補導された奴だな？　なるほど、だから転校せざるをえなかったわけか……こっちはどうだ？」

今度は学ランのボタンを外し、ボタンを引きちぎるようにしてYシャツを毟《むし》り取った。まだ少年の身体だったが、やや肉づきがよかった。柚菜の身体に近いかもしれない。胸にはサラシが巻かれているのが異様だった。

「なんだ、これは」

黒沼はすぐにそれを鋏で切っていく。

「やめろ！」

葵は悲鳴をあげたが無駄だった。たちまち乳房が露《あらわ》になった。そのサイズは柚菜よりも大きく見えた。Eカップくらいはあるんじゃないだろうか。頂点に咲く乳輪と乳頭が少年のサイズではなかった。

「こいつはいい」

「葵くん……これは……」

「見ないでくれ」

彰彦から離れた葵が自分の胸を抱きしめた。まるで女子のような仕草だった。もちろん、黒沼がそれを見逃すはずがなく、葵の陰嚢をキツく摑んで言った。

「見ないでじゃなくて、見てくれだろう？」

器用に制服を脱がしていった。

「……」

彰彦は呆然としていた。

友人だと思っていた葵の身体に戸惑うのは当然のことだった。

彰彦は葵の身体を見下ろして、勃起しているペニスに目をやった。肉槍は彰彦に照準を合わせているかのようだった。

「……これはどういうことなの？」

その彰彦の質問に黒沼は的外れな回答をした。

「こいつは、おまえを見て勃起しているんだ」

「……そんなの嘘だ」

否定した瞬間、黒沼が彰彦の頬を叩いた。

「女子のくせに男子みたいな口をきくんじゃない」

黒沼のさらなる凶暴性を目《ま》の当たりにして、柚菜は震え上がった。

（……こ、この場から出て止めないと……でも、非力な私はどうしたらいいの？）

柚菜が教えられたのは、黒沼を怒らせないように性的な奉仕に励むことだった。もし、少しでも抗おうものなら、たちまち罰せられる。机の下で身を丸めて便意に耐えるしかなかった。

「ぼさっとするな、オカマ」

侮蔑《ぶべつ》されたのは彰彦だった。

彼は哀れなほど肩を窄め、髪を摑まれて葵の前に膝をつかされた。同性の生殖器が目の前に迫り、若牡のホルモン臭が漂っているはずだ。顔を背けたのも当然だが、黒沼はそれを許さなかった。

足蹴《あしげ》にして倒したあと、再び髪を摑んで引き起こした。

「ほら、それを舐めろ」

「ひぃ、そんなことできません」

彰彦が泣きながら訴えた。

すると黒沼はターゲットを葵に移し、陰嚢を力強く握った。

「んぐんんッ!」

「友だちに舐めてくれとお願いしろ。おまえは慣れてるんだろう?」

葵も身悶えたが、彰彦とは反応が違った。頰を赤く染め、乳房を揺らしながら、肉棒からは先走り液を撒き散らしはじめたのだ。

「み……見ないで……あぐぅ」

葵は悲鳴をあげた。その声は先ほどよりも艶っぽくなり、柚菜も変な気分になってきた。

「舐められるよりも、舐めるほうが専門だったか？」

「あ、あーッ……あぐぅ」

「売春野郎、客にどうおねだりしてたんだ？」

陰嚢をさらに玩弄したにちがいない。葵の悲鳴が鋭くなった。

拒んでも無駄なことを悟ったのか、葵が惨めなガニ股になった。

「……あ、葵の……みすぼらしいクリペニスを舐めてください」

「ほら、オカマ、早くしろ！」

凄まれた彰彦も抵抗は無駄だと理解したのか、そそり勃つ肉槍に唇を近づけた。

「くぅ……」

葵が身を捩った。

サイズも色も初々しいが、黒沼に勝っている点が一つあった。それは躍動感だった。勢いあまって彰彦の唇を捲り上げ、鼻を突いた。

「顔を背けるんじゃなく、ちゃんと咥えるんだ」

黒沼が指示をしながらビデオカメラを構えた。

「ああ、撮らないでください」

「フェラしないと、明日からセーラー服で登校させるぞ。さっさとクリペニスを舐めるんだ」

黒沼は片手で葵の乳房を愛撫した。きっと葵も柚菜と同じように望まぬ快楽を教え込まれた口なのだろう。その証拠に啜《すす》り泣く声がとたんに甘くなった。

「あッ……あ、あ、あぁ」

嗚咽を洩らしながら、彰彦は肉棒を咥えた。

いくら女体化した身体とは言え、明らかにペニスであることには変わりはなかった。同性の生臭さが口の中に広がっているのだろう。セーラー服姿の彰彦は咥えたまましっとしている。

しかし、葵はそれとは違う反応を見せはじめた。肉棒をしゃぶられて硬さを増しているようだ。やめたくてもやめられないという感じで、ぷりっと後ろに突き出たヒップを前後に揺らしはじめた。

「転校生がいい手本になりそうだな」

黒沼はカメラを三脚にセットした。

鍵付きの棚から衣装を取り出し、葵に着せはじめた。それは柚菜の陸上のユニフォームだった。セパレートタイプのもので、葵には少し小さいようだ。乳首だけでなく乳輪まで浮かび上がっている。

ポリエステル製の薄いスポーツショーツは、股間部分が破かれているので、立派な肉棒が飛び出していた。

(二人とも私の服を着ている……彰彦くんがセーラー服、葵くんがユニフォーム)

黒沼は二人の首に首輪をつけた。そして双方を一メートルほどの鎖で連結した。

「彰彦……いや、今日からおまえの名前は彰子《あきこ》にする。さあ、彰子、床に横になるんだ」

「うぅ……そんな名前ではありません」

「さっさとしろ、オカマ奴隷の彰子」

黒沼に頭を叩かれて、彰子は床に寝そべった。

自然と鎖が引っ張られ葵も中腰になる。

「シックスナインをするんだ……おまえなら意味がわかるな?」

「……」

「さっさとしないと彰子にも豊胸手術をするぞ?」

「……彰彦くんにひどいことしないでください……こんな惨めな身体……私だけで」

葵の泣き姿ひとつとっても、女子としての完成度が高かった。スポーツショーツから突き出たペニスがなければ、仕草や声音《こわね》、顔立ちなどはアイドル美少女のようだった。

だが、黒沼にしてみれば、葵は乳房のある男でしかないようだ。彰子と同じように頬を叩いた。

「オカマ友だちの名前は彰子だと教えただろう?」

「うぅ……」

「俺がおまえに何を望んでいるかわかるな?」

「あ、彰子ちゃんに……女の子の悦びを教えることです」

「そうだ。じゃ、始めろ」

横になっている彰子のそばで葵は膝をついた。ペニスからは次から次へと先走り液を溢れさせている。

シックスナインというのが何を指すのか彰子は知らないようで動揺していた。

「やめてくれ!」

「女言葉を使えと言っただろ!」

黒沼が彰子の股間を踏みにじった。急所への鋭い痛みに少年は悶えた。

「やめてください。あぁ、オチ×チンが潰れる」

「彰子ちゃん……オチ×チンじゃなくて……クリペニスよ」

葵は彰子のスカートを捲り上げた。すると、黒沼に踏みにじられたはずのペニスがしっかり勃起していた。

「ははは、虐められて勃起したのか？　それとも、女装で勃起したのか？」

「あぁ、違うぅ……」

「何が違うんだ。さっきもしゃぶりながら昂奮したんだろう？」

黒沼は亀頭の裏筋のあたりを裏側を踏みつけた。彰子はスカートの上に先走り液を滴らせた。

「……彰子ちゃん、私の真似をして……」

葵が彰子の亀頭に舌を絡めた。アイスキャンディでも舐めるように、雁首の裏側にも丹念に舐めていく。新陳代謝の旺盛な少年のそこには恥垢が溜まっているだろうが、それを剝ぎ取るように舐めつづけた。

「さすがだな」

黒沼は二人から離れた。

別のカメラを用意して、あらゆる角度から二人を撮影しはじめた。

観念したのか彰子も葵の亀頭を舐めはじめた。

「あ……あぅ……あむぅ」

「んん……」

二人は苦しそうに呻《うめ》きながらも、それぞれの肉棒をぴくぴくと跳ねさせている。

「おまえら、白石が好きだったんじゃないのか？」

「んんん……」

「二人で愉しんでいる姿を見たら、どう思うだろうな？」

M字開脚している彰子は啜り泣いた。

だが、黒沼はその涙でさらに嗜虐心を煽られたようで、葵の尻を踏んで肉棒を彰子の喉まで押し込んだ。すぐに葵が同じように顔を埋めた。

黒沼は鎖のたわみをなくし、鎖と鎖を南京錠で施錠した。それでお互いの性器を吐き出すことができなくなった。

「それじゃ、そろそろ出てくるんだ」

机の下に隠れていた柚菜についにお呼びがかかった。

3

「さっさとしろ！」

「は、はい」

机の下から柚菜は這い出した。

それを見た葵と彰子は愕然としていた。

二人が驚くのも当然である。柚菜はパンティしか穿いていなかったのだから。

「……ああ、見ないでください」

胸を隠したまま柚菜は恥ずかしげに腰をくねらせた。

七〇〇ccの浣腸液で満たされたお腹がぽっこり膨らんでいた。しかし、少年たちは抜けるような白い肌、腰からヒップにかけてのラインに目を奪われていた。全身から性を早くに知った女特有の色っぽさを発散させていた。

「手をどけて見せてやれ」

黒沼がカメラを柚菜のほうに向けた。

「……」

「さっさとしろ」

言われたとおり、両手を後ろに回した。少年たちの視線が乳房に集中するのを感じた。それだけで乳頭の内側からチリチリと痺れる感覚が走った。もう一つ、柚菜の身体で注視されたのはパンティの股間部分だった。

白無地のパンティは失禁したように濡れていて、割れ目に貼り付いていた。薄い生地にピンク色の媚肉が透けて見えていた。身を捩るたびに生地は縦横にシワを作り、恥裂を完全には見せないのが逆に少年たちの興味をそそったようだ。

「んんんんぁ」

「んぐん、んんん」

少年たちはくぐもった声をあげた。

「こいつら、柚菜の裸を見て、さらにクリペニスを大きくさせたぞ」

黒沼の揶揄《やゆ》を受けて、二人の抵抗したように見えたが、首輪で結合されているので密着したままだ。彼らが口からペニスを吐き出すには、相手を射精に導くしかない。

(そんな目で見ないで)

柚菜は二人に悟られたのを感じた——自分と黒沼の爛《ただ》れた関係を。

黒沼が少年たちを跨いだ。

「何をボサッとしている。いつもすることをするだけだろ」

「……はい」

柚菜は黒沼に歩み寄ったが、膝をつこうにもできなかった。真下には自分のショーツを穿いた葵のお尻と、その下には彰子の顔があるのだ。

「特別に今日は立ったままでやることを許そう」

悲しいことだが柚菜は黒沼の意図を理解してしまう。

上半身を曲げて、黒沼に身体を預けた。そして、男のズボンを開いて、野太い剛直を引っ張り出した。下を見ると彰子と目が合った。

（……私は先生のペットなの……）

柚菜は黒沼の亀頭に恭《うやうや》しくキスをした。せめて、彼らに先走り液が垂れないように配慮したつもりだった。

「言うことがあるんじゃないのか？　二人にも教えてやれ」

「うぅ……あぁ、先生の逞しいおチ×ポが美味しいです」

頭を前後に動かして、口接奉仕を始めた。瞬く間に口の中に唾液が溜まり、ヌチュネチャと卑猥な音が鳴り響いた。口の端から唾液が溢れ出し、汗とともにポタポタと葵たちに降り注いだ。

恥裂からも蜜汁が太腿を伝い、垂れはじめていることに気づいた。

「ほら、股を開いて見せつけてやれ」

「……んんぐぅ」

黒沼が柚菜にイラマチオをした。柚菜は股間を彰子の顔の真上に移動させた。

だが、激しく喉を塞がれ、恥ずかしがる余裕などなかった。小さい乳房が重力で円錐形に垂れて、乳首の先から汗を撒き散らした。

「もっと気持ちよくさせてやろう」

黒沼がリモコンを取り出し、スイッチを押した。

それまでの羽音よりもはるかに強烈な音が響いた。腸壁を掻き乱され、アナルへの快感も一気に高まった。

「どうだ？　お前らが好きな少女はこんなに嬉しそうに俺のチ×ポをしゃぶってるんだ。それに比べてお前らはチ×ポをしゃぶり合って、勃起させているわけだ。とんだ変態だわな」

嘲笑されて少年たちは呻いた。だが、調教された経験のある葵は次第に熱に浮かされたようになり、ピチャピチャと舌を絡めだした。彰子が身体を捩れば捩るほど、セーラー服が捲れ上がり、葵の乳房が彰子の腹部に押しつけられた。

「その制服は柚菜のものだ。好きな女子の制服を着て、チ×ポをしゃぶれるんだからオカマには最高の幸せだろう？」

黒沼が自分たちの秘密を知っていることに、彰子は目を見開いた。

「んぐぅぅ」

「お前らのことなどお見通しだ。種明かしをすれば、男子トイレの個室にいたのさ。そういえば、こいつも同じ場所にいた。何をしていたかというと……」

「んあぁ、んぐぅ、んん」

柚菜は必死で訴えたかったが、ペニスで口が塞がっていて何も言えなかった。

「こいつは男子トイレでウンチをひり出していたんだ」

「んん」

彰子が顔を真っ赤にして呻いた。しかし、葵のお尻が上下に動きだしたので、こちらも言葉にならなかった。

「じつは二学期から躾けているのだが、こいつときたらとんだ変態娘でよ。今も浣腸されているのにこんなに悦んでいるんだぜ？」

卑劣な教師は柚菜の口から肉棒を引き抜いた。

柚菜は噎《む》せながらあとずさった。そして、グルグルと鳴るお腹を押さえた。

「はぁ……はぁ、はッ……せ、先生……おトイレに……行かせてください」

柚菜は我慢の限界に達していた。

目が霞んで、よく見えなかった。パンティがストッパーになっているので、アナルバイブが内側で大きい円を描いている。

「待っていろ。おまえにお似合いのトイレを用意してやる。いや、おまえらと言うべきかな」

大きめのキャビネットを開け、奥から何やら取り出してきた。

それは妙な形をした琺瑯《ほうろう》製のものだった。琺瑯の表面はところどころ剝げていて、かなり古びていた。柚菜はそれが何か理解したとき、言葉にならない悲鳴があげた。

それはオマルだったからだ。

「……せ、先生……お願いです。おトイレに行かせてください……」

「ここでするがいい。おまえは勝手に休んで、ウンチ漏らしの罰から逃げたんだからな」

「……どうかお許しを」

「明日、クラスメイトの前でやるか、こいつらの前でやるかだ」

究極の二択を迫られた。

便意は断続的な苦痛みに変わっていた。頭の中は排便欲一色になる。

（ここに先生だけだったら……すぐにウンチを見てくださいと懇願したわ）

その本心に気づいて、柚菜は自分がもう後戻りできないところまで来てしまったことを悟った。

そのうち排便を見られることに快楽を感じる身体になってしまうのではないだろうか。

（どうせどんなに抵抗しても二人の前で恥ずかしい姿を見せることになるんだし……）

しかし、女子として、もっとも恥ずべき排便行為を晒す勇気はまだなかった。

「十秒以内に答えないなら、どっちもやることになるぞ？　……十、九、八」

容赦なくカウントダウンが始まった。

冷笑を浮かべる黒沼。ペニスを咥えたまま涙ながらにこちらを見やる彰子。そして、猛禽類のような獰猛《どうもう》な視線を黒沼に向ける葵。そこからは恐ろしいほどの憎悪が感じられる。

だが、今の柚菜に葵の感情を詮索する余裕はなかった。

「四……三……二……一」

「あぁ、オマルで……ウンチをさせてください」

「初めからそう言えばいいものを」

黒沼は柚菜の臀部をスパンキングするにとどめた。

「んぐぅん。お尻が壊れちゃう」

バイブが腸内で振動し、便意を倍加させていく。

一度、心が折れるともう耐えられなかった。一刻も早く排泄したくて腰をくねらせてしまう。パンティが割れ目にくっついたり離れたりして、湿った音が響いた。

「二人を誘惑するようにパンティを脱いでみろ」

柚菜はパンティを急いで引き下ろそうとした。しかし、濡れたパンティがお尻に絡まってしまい、なかなか脱ぐことができない。ようやく桃尻を剝き出しにすると、濃厚な山百合の花のような匂いが広がった。

パンティの押さえを失ったバイブが、すぐに半分ほど飛び出した。軽く絶頂に達してしまった。

「まだ漏らすんじゃないぞ」

黒沼がバイブを再び深く押し込んできた。

「んんん……奥に入ってくるぅ」

「お前ら、見るがいい。こいつはこんなものを尻の穴に入れてよがってるんだぜ」

排便欲に似たアナル快楽に膝が震え、パンティを太腿の中ほどまで下げて訴えた。

「……先生、オマルを使わせてください」

「待つんだ。オカマたちをもっと昂奮させてやるんだ」

黒沼は柚菜の割れ目に指を這わせた。ピンク色の花唇が口を開き、小さい淫核を露出させて捏ねくりはじめた。

「ん、んんッ。あ、あんんぅ……」

「見えるか？　ここがオマ×コだ。こいつは俺のチ×ポを数えきれないほど咥え込んだがな」

入り口をなぞったあと、鉤型にした指で狭隘《きょうあい》な口を拡げた。

いつもとは違う拡張感があった。

「お、お願いです、先生……ウンチをブリブリするところを撮影してください」

少しでも黒沼に気に入られ、お許しをもらうために破廉恥な言葉を口にした。しかし、黒沼という男は人の提案を素直に受け入れる人間ではない。むしろ、柚菜の願望を踏み躙ることで快感を味わうのだ。

「見てみろ。ビショビショに濡れているだろう？　こいつは浣腸をされたうえに尻の穴を穿《ほじ》られて感じているんだ。そればかりか、自分から撮影しろとおねだりしている」

互いの身体を捩り合わる少年たちに見せつけるように、黒沼は指で柚菜の淫核を弄りまわした。

その手を柚菜は押しのけた。

「もうダメです」

そう言ってオマルの上に座り込んだ。無意識のうちに白鳥の頭から飛び出た把手《とって》を握りしめた。息もうとすると、アナルバイブがオマルの底に当たった。それだけで感じてしまい、背筋が弓反りになる。

「まだ我慢するんだぞ？」

黒沼は柚菜の髪を掴んで引き上げようとした。お尻が浮き、バイブが抜け落ちた。肛門がぽっかりと口を開けているのがわかった。本能的に括約筋に力を入れたが、窄まりが閉じるよりも早く内容物が吐き出されていく。

――ブリブリ、ブリッ、ブリブリッ！

ついに七〇〇ｃｃの浣腸液が激しく飛び出した。それと同時に放屁も派手に鳴りつづけた。

黄金色の浣腸液が流れ出たあと、軟便がそれに続いた。その後、腸の奥に溜まっていた太い便がブリブリとひり出された。

「あーッ、あぁうぁ……」

「美少女ならもっとお淑やかに排便するもんだ」

「ああ、音を聞かないで、聞かないでください。あぁ……あッ」

柚菜は顔を覆い、全身を震わせた。しかし、息むのはやめられなかった。

公開排便という倒錯的な快楽を最後まで味わいたかったのだ。

「どうだ？　臭いだろう？」

黒沼は少年たちに訊ねた。

二人を繋《つな》いだ鎖が軋んだ。どうやら、少年たちが暴れているようだ。

「クラスメイトの排便を見た感想はどうだ？　百年の恋も冷めたか？」

黒沼はガックリと項垂《うなだ》れている柚菜に首輪をつけた。

リードを引っ張って四つん這いにすると、おもむろにまだ閉じきっていないアヌスに剛直を突き刺した。

4

「ははは、見てみろ。こいつら射精しているぞ」

　黒沼は柚菜の華奢な腰を摑んで、アナルに挿入しながら少年たちを笑い飛ばした。

　二人の口の端から濃厚な白濁液が溢れていた。どうやら、葵のペニスは萎んだようで、白濁液を吐き出しながら訴えた。

「白石さんを解放してやってくれ！」

「おまえは嫌々奴隷をやっているのか？」

「……うぅ」

　柚菜は彰子の視線を避けるように俯いた。

　しかし、乳房を揉まれて、上半身を反らされてしまう。

「この顔が嫌がっている顔に見えるか？」

　そう言って黒沼は柚菜の頰をぺろりと舐めた。相手が何を要求してきているのか柚菜にはわかってしまった。

　蛞蝓《なめくじ》のような這う舌に自らの舌を絡めた。一方、黒沼は離れたので、見ようによっては柚菜が積極的にキスをせがんでいるように見えるだろう。唾液が糸を引いて肩や乳房に垂れていた。

「……白石さん」

「おまえの口は何だ？」

「うぅ……先生に気持ちよくなってもらうための……お口マ×コです」

「そうだろう？」

上機嫌に黒沼は尻穴を深く突いた。

「あぁ、先生のがお尻オマ×コにぃ……あ、あぁ、いいッ！」

「クラスにも非処女はいるだろうが、浣腸とアナルセックスを愉しんでいる変態はこいつくらいだろうよ」

首輪を引かれた柚菜は少年たちを対峙《たいじ》することになった。

きっと発情した牝犬のような顔をしているはずだ。何度もビデオの映像で自分の恥ずかしい姿を見せられてきたからわかる。目尻を赤く染め、口を半開きにして、鼻水と涎を垂らしていることだろう。

（セックスなんて嫌なのに……無理やりされて嫌なのに……それなのに感じちゃう。あぁ、もっと嬲ってほしい）

いつのまにか異常な性虐待に適応してしまったのだ。もし黒沼から解放されたとしても、同年代の男子との恋愛などで満足できるのか不安だった。

「お前らもこっちの穴でよがるように調教してやるからな」

「あ、あぐぅ……んん」

「二匹……と言っても転校生のほうは、もう知っているだろうから、ケツのよさを教えてやれ」

黒沼が柚菜の片脚を持ち上げて、アナルセックスを見せつけた。

突かれるたびに柚菜は息が詰まり、支えとなる脚が硬直した。そして太腿が緊張して括約筋が肉棒をきつく締めつけることになる。

「あ、あぁ……お尻オマ×コがいい……感じます、あうん」

「おまえは俺のなんだ？」

「ペットです」

ピンク色の膣の開閉が二人にも見えているはずだ。

「それだけか？」

「あぁ、先生の奴隷です……セックス用の肉人形で……先生専用の便器です」

柚菜は自ら黒沼にキスをせがんだ。

（あぁ、私を見ないで……私は先生のものなの……）

少年たちの期待を裏切るようで心が痛んだ。しかし同時にひた隠しにしていた本性を見せることで、解放感がないといえば嘘になる。

「よく見ろ。これが俺の玩具だ」

乳房が変形するほど強く揉まれ、淫核を摩擦された。膣穴が物欲しげに口を開いている。

「やめろ、やめるんだ！」

「離せ！　離すんだ！」

二人が叫びながら床の上で蠢《うごめ》いている。

特に彰子にとっては衝撃的だったにちがいない。夢の中にまで出てきたであろう柚菜が、担任教師の性欲の捌け口にされている。しかも、アナルで。

しかし、射精したばかりの肉棒は再び勃起していた。

その反応を見た柚菜は、彰子も自分と同じ道を辿ることを悟った。

「あぁん、先生……イクッ、お尻でイクゥゥゥ！」

「おお、締まってるぞ。俺も中にたっぷりと出してやる！」

首輪を強く引かれ窒息しそうになり、浮遊感とともに凄まじいアナル快楽が襲って

んだ。

きた。

黒沼は柚菜の背中にのしかかり、獣のように唸りながら夥しい白濁液を流し込んだ。

「んんんんあぁんんあぁ！」

柚菜は自分が見られていることも忘れて、アクメに達した。

しかし、絶頂の余韻に浸る暇はなかった。やらなければならないことが残っていた。今しがた排泄器官を嬲ったばかりの逸物をフェラチオ奉仕しないとならないのだ。

「……先生、柚菜の……お尻オマ×コをお使いくださり、ありがとうございました。どうか、オチ×ポについた穢れを清めさせてください」

「お前らもよく見ておくことだ。奴隷は前後に口を使って男に仕えるんだ」

目を細めた黒沼はソファに座って足を開いた。

半勃ちの肉棒はひどい有り様で、泡立った精液がこびりついていた。柚菜はそれを咥え込むと、髪を振り乱して奉仕した。

「んちゅ、むちゅ」

「尻を突き出して、二人に見せてやれ」

言われるままにヒップを背後に差し出した。恥ずかしい二つの穴が丸見えになっているにちがいない。

「お前らもここに入れたいか？」

ニヤニヤ笑いながら黒沼が少年たちの反応を待った。

「……うぅ」

二人は答えなかったが、ペニスは痛いほど屹立していた。

絶対的な支配者である黒沼は生徒の惨めな姿を見て、再び股間に力を漲《みなぎ》らせはじめた。柚菜の喉の奥を肉棒が突いた。

「俺が出したものをひり出して見せてやれ」

「んん、んっ……んぐぅ」

「さっさとやるんだ！」

柚菜は丹田に力を込めて、腸内の白濁液を必死で排出した。すぐに音を立てて床に落ちていく。

「……あぁ」

その禍々しい光景に少年たちが嗚咽を零した。

「よし、こっちの掃除はいい」

「……はい」

亀頭に恭しくキスをして、口を離した。

そして床に飛び散っている白濁液を犬のように舌を這わせて舐め取り、あげく床を舌で綺麗に磨くのだった。

「奴隷は俺の精液を一滴残らず舐め取ることになっている」

「……先生のザーメンは美味しいです」

柚菜は少年たちにわざと見せつけるように悪魔に迎合するしかなかった。

(私はこんな女なの……二人には相応《ふさわ》しくないの……)

ふと見ると、彼らのそばにも白濁液が垂れ落ちていた。

(……二人の精液はどんな味がするんだろう?)

しかし、そんな浅ましい願望も叶えられることはなかった。

「二人はこれから牝として調教してやろう」

「ひぃ、やめてください」

彰子が必死で訴えた。

「セーラー服を着ているくせに何を言っているんだ」

黒沼が舌打ちをして再びカメラの位置を修正した。

「おまえらが吐き出した精液を舐め取ってみろ」

黒沼は二人の手をそれぞれの背中に拘束した。抵抗できない状態にして、首輪に繋いでいた鎖を緩めた。

「綺麗に舐め取ったら、特別に最初だけ男の快楽を教えてやろう」

柚菜を軽々と抱き上げ、屹立した剛直で再び肛門を貫いた。一度感じたアヌスは簡単に反応し、割れ目から蜜汁を滴らせはじめた。

ラブジュースが白濁液の上に降り注いだ。

「……」

先に動いたのは葵だった。

上半身を倒して頬を床につけ舐めはじめたのだ。その長い睫毛に柚菜の蜜汁が落ちた。見開かれた目は依然として黒沼を睨んでいた。

「さすがは調教を受けたやつは物わかりがいい。同年代の美少女とセックスなんてしたことないだろう？」

「うぅ……」

葵は悔しそうに呻き声を発した。

「ケツの穴を掘られるほうがいいのか？　童貞のままオカマにするのも面白いかも

な」

「……童貞じゃ……」

「背伸びするな。童貞臭がプンプンしているぞ」

彰子も泣きながら、白濁液を舐め取りはじめた。

二人の床舐めは精液を舐め取ったあとも続けられた。柚菜の蜜がとどまることなく滴り落ちたからだった。

5

ようやく解放された三人はその後、理科室に連れ込まれた。

黒板の前に立たされた彰子と葵は、首輪で繋がれ背中を拘束されているので、互いの距離は一メートルもなかった。セーラー服姿の彰子はスカートを背中の手に引っかけられ、勃起した股間を晒していた。葵も破れたスポーツショーツから立派な肉棒を反り返らせていた。

「手だけ使わせてやろう。さあ、やれ」

柚菜は二人の間に座って、ペニスをしごきはじめた。

二人ともまだ少年なので肉棒の反応は初々《ういうい》しかった。親指で裏筋を擦るだけで、二人とも身を捩って耐えている。

柚菜の頬に二本のペニスが接近してきた。吐息を吹きかけるだけで、鈴口が開いて粘液が溢れてくる。意外なことに、少年たちの精液のほうが黒沼のよりも青臭かった。

(……すごく男臭い……若いからかな？　どんな味がするんだろう？)

自然に腰をくねらせてしまう。

目敏い黒沼が柚菜の変化に気づいたようだ。

「舐めるんじゃないぞ？　二つのチ×ポを重ねて、擦ってやるといい」

ペニス同士を近づけた。二人はすぐに離れようとしたが、柚菜は雁首を固定したまま交互にしごいた。躍動する二本の肉竿を鍔《つば》ぜり合うようにして擦りつけた。

「くぅ……そんなにされたら……僕ぅ、また」

彰子が弱音を吐いている。

葵は豊満な乳房を彰子のセーラー服に擦りつけた。驚くことに葵は彰子に口づけをした。最初こそは抵抗した彰子だが、おずおずと舌を絡めはじめた。

「こいつら自分からキスしてやがる。いい絵がどんどん撮れるってもんだ」

次から次へと証拠が溜まっていき雁字搦《がんじがら》めにされて、いつしか抵抗する気力も萎えてしまう。気がつけば奴隷に堕ちて、黒沼に見捨てられないように媚びることを考えるようになるのだ。

柚菜たちは今後はまともな青春時代など望むことはできなかった。

（それなら……せめて気持ちよくしてあげないと……）

教え込まれた技術を駆使して奉仕に徹した。

「あ、あぁ、イクッ、イクッ！」

「わ、私も……葵も、クリペニスからエロいお汁が出ちゃう」

「特別に柚菜の顔に出せ！」

柚菜は黒沼の言葉を受けて、二本のペニスを自分に向けた。

同時に白い樹液が柚菜の頰を灼いた。二発、三発と勢いよく連射されていく。

柚菜の美貌を汚した二人は自分の精液を舐めさせられることになる。

「さて、オカマ奴隷に相応しいクリペニスにしてやろう」

黒沼は彰子の萎れたペニスの包皮を摘まんで伸ばし、医療用接着剤で亀頭に貼りつけた。

「変なことは……しないで」

「転校生はすぐに役立ちそうだからそのままでいいか……柚菜、オカマのやつを本番前に大きくしてやれ」

黒沼は彰子に特例を認めたようだ。

「……はい」

柚菜は彰子の肉棒をしごいた。瞬く間に膨らみはじめたが、包茎にされてしまったので、肉茎が伸びようとしても伸びきれなかった。

「まずは葵のを尻に入れてから、サンドイッチだ」

ヒップを背後に突き出し、尻朶を割って肛門を露呈させた。そこに葵の肉棒が差し込まれた。腸壁が擦り上げられる感覚はいつもと違っていた。黒沼の極太の肉槍より細身なので、余裕があったのだ。

「奥まで……くぅ、入っちゃう」

「んん、んぁ」

葵の怒張が深く潜り込んできた。

同年代の少年と繋がるという緊張感で胸が高鳴った。

「次は、オカマの童貞を奪ってやれ」

「……は、はい」

柚菜は上半身を起こした。

そこに葵が覆い被さってきた。少年にあるはずのない乳房の感触が背中に触れた。柔らかくて弾力があり、女性にしか思えなかった。その反面、柚菜の肛門を貫いている肉棒からは男らしい力強さが伝わってくる。

（葵くんって不思議な身体。彰子ちゃんも今はこんなにオチ×チンを熱くしているけど……葵くんのようなオッパイが……）

柚菜は自分のセーラー服を着た彰子の肉棒を恥裂に誘導した。

彰子たちは腕を縛られていたので、柚菜がすべて調整しなければならなかった。アナルに挿入されたまま前の穴にも挿入するというのは難易度が高かった。

「んんん」

爪先立ちになって、彰子のものを受け入れようとしたが、割れ目の上を擦るばかりだった。

「あぐぅ、痛いッ」

「ごめんなさい……膝を曲げて……」

彰子がガニ股になった。そのせいで捲り上げていたスカートがペニスを覆い隠した。

「脱がしてやれ」

「……はい」

柚菜はホックを外すと、スカートが床に黒い花のように広がった。

「あ、あくぅ……入らない」

立ったまま挿入するというのは至難の業《わざ》だった。

二人のペニスの元気が有り余っていたのも原因だ。とても一発放ったとは思えなかった。

(無理やり包茎にされて……亀頭が先っぽしか見えなくなっている)

先ほど手コキしたときよりも、肉棒が短くなっているような気がしたが、そのぶん、肉茎が詰まり太くなっているようにも見えた。しかし、彰子本人は勃起が痛むようで、腰をくねらせつづけている。

「入らないです……あぁ、動いたらダメ」

「くぅ、だって……あぐぅ、痛いぃ」

少年たちを繋いだ鎖が柚菜の腕を叩いた。

「柚菜、おまえが工夫をしろ」

黒沼がカメラを構えて近づいてきた。下からのアングルで舐めまわすように撮影している。

悲しいかな、黒沼の意図がわかってしまう。柚菜はカメラによく映るように片脚を持ち上げ、割れ目を開いてペニスの先端を膣穴に押しつけた。

「……来て」

「んん、入らない。き、キツいよ」

童貞らしくがむしゃらに腰を振ったが、そのたびに膣口から逸れてしまった。彰子が焦れば焦るほど照準がズレていく。

「俺のデカマラでも入るんだから、短小クリペニスくらいはすぐに入るぞ」

黒沼は彰子をからかいながら、少年少女たちのぎこちない性交を撮影しつづけた。こうしたシーンは初めてなのか、興奮しているのがわかった。

（恥ずかしいシーンをあとで鑑賞させられるんだわ。しかも、最初だけ男の子の気持ちよさを教えて……そのあとはセックスなんてさせないつもりなんだわ）

黒沼の独占欲と陰湿さを熟知している柚菜は大概予想できるようになっていた。

彰子は繰り返し膣口を小突いてくる。柚菜はさらに足を外に開いた。片脚立ちでバランスが崩れそうになり、彰子の肩に顔を埋《うず》めた。

（どうしてなの？　こんなに挿入が難しいなんて……）

柚菜は違和感を覚えた。確かに彰子が不慣れだというのはあるが、柚菜の膣口にも何か問題があるような気がした。心なしか膣口が狭くなっているのではなかろうか。

「ちょっとだけ……動かないで」

柚菜は爪先立ちになり肉棒を膣口に押し当てた。そのまま全体重をかけた。亀頭が入ってきた。全身を切り裂くような痛みが走った。

「ひぃーッ!!」

柚菜は悲鳴をあげた。

「おいおい、何してるんだ。俺のを入れてもよがるんだから、前後に入っていても余裕があるだろう？　変な演技をするな」

「え、演技じゃないです……あ、あくぅ、痛いッ！」

抜いてしまいたかったが、一度入ってしまうと無理だった。それどころか、彰子はいっそう深い繋がりを求めて、曲げた膝を伸ばしはじめた。侵入を感じたとたん、膣内でプチッと何かが破裂する激痛が走った。

「んんんんん！」

柚菜は身をのけぞらした。

一寸刻みで肉槍が膣奥へと潜り込んでくる。この感覚は処女喪失のときに感じた痛みだった。

「あ、あぁ、あくぅ……痛いぃ、くひぃ」

黒沼がカメラを柚菜の顔をアップにして撮った。少年たちの顔を交互に撮影することも忘れない。

欲望に駆られた少年たちは競うようにして柚菜に身体をぶつけた。

当然、柚菜の前後の穴は、二人の男根が忙しなく出入りすることになる。

薄い肉を挟んで、互いの裏筋が擦れ合っているはずだ。ある意味で黒沼よりも剝き出しの性欲に駆り立てられた彼らは乱雑に腰を打ちつけてくる。

「あ、あひぃ……あぐぅ」

「どうした、柚菜。先輩奴隷が新入りに泣かされてどうする？　おまえが焦らして泣かすほうじゃないのか？」

黒沼にとって意外な展開だったようだ。

（まるでロストバージンのときのように痛いわ。あのときは先生が馴染むまで動かないでくれたけど……あ、あひぃ）

柚菜は必死に爪先立ちになって踏ん張っていても、下から二本の肉棒が突き上げてくる。

少年たちが一気に昂った。

「あぁ、イク、イク！」

「私も……葵もクリペニスでイッちゃう！」

まるで兄弟のように二人は同時に熱い樹液を溢れさせた。やがて二人は倒れ込むように尻をついた。

立っているのは柚菜だけだった。

「おい！」

一部始終を撮っていた黒沼が声をあげた。

黒沼の視線が股間に注がれていた。そこは赤い血で濡れていて、太腿に垂れていた。

「生理か？」

柚菜はようやく初潮を迎えて安堵した。しかし、同時に子供ができる可能性があることを考えると、新たな不安が生まれた。

そして、別の懸念も生まれる。本当に生理なのかどうか。膣内に残る痛みは処女喪失のときと同じものだ。だが、そのことを黒沼に知られるわけにはいかない。

『牝猫みたい』

オッドアイの柚菜の脳裏にクラスメイトから言われた心ない言葉が蘇った。
(私の身体は普通とは違う。これからどうなるの?)
柚菜は不安にかられて嗚咽を押し殺すのだった。

第六章　美しき反逆者

1

街にはクリスマスのイルミネーションが飾られていた。

彰子たちが奴隷にされてから二週間がすぎた。柚菜は朝早く登校すると、理科準備室に行き、黒沼にホットミルクティを用意した。

部屋には黒沼と柚菜、それに彰子がいた。

そこに葵だけがいなかった。少年売春事件の関係者とされる葵は早々と美桜に引き渡されていた。すでに客を取らされているらしい。

「ジュニア強化競技会で準優勝とはな」

黒沼は呆れ顔で柚菜を見下ろしていた。先週の日曜日、都主宰の大会で柚菜は百メートル走で二位になったのだ。あまり練習をしていなかったので予想外の好成績に本人も戸惑った。

表彰されるときも、柚菜はただただ自分が場違いな場所にいるような気がしてならなかった。

「……もう陸上部を辞めようと思っています」

柚菜は涙を滲ませて、そう言った。

それを聞いて彰子は肩を震わせた。彰子は女子テニス部のユニフォームを着せられていた。ピンク色のスコートに白い半袖シャツである。そして黒沼の股間に顔を埋めていた。

「……私も、」

彰子はテニス部を辞めたがっていた。

「ダメだ。春には女子テニス部に入れるようになるから、それまで続けるんだ」

「うぅッ」

「何をしている。ちゃんと奉仕をしろ。昨日、教えてやったことの復習だ」

黒沼は肉棒で彰子の頬をびたびたと叩いた。柚菜は彰子に同情した。

(私は女だから男に犯されても……まだ理解されるはずだけど。男の子が先生に、し

かも女の子として扱われるなんて……二重の苦痛だわ）

項垂《うなだ》れた彰子はされるがままだった。

黒沼がウェアの裾を捲り上げた。

スポーツブラが露《あらわ》になる。柚菜が昨年まで使っていたものだ。それを彰子が今使っていた。

薄い胸にわずかな膨らみがあった。先日、怪しげなクリニックに連れていかれ、プチ豊胸されたという。説明されてもよくわからなかったが、ヒアルロン酸という溶液を注入されたようだ。

その膨らみは中学に入学したばかりの少女のように控え目だった。

「いきなり大きくしたらバレてしまうからな。だが、尻はなかなかのサイズだろ？」

黒沼が彰子の尻を叩いた。

数日前まで肉づきの薄い四角いヒップだったのが、女子のように丸みを帯びた美臀になっていた。男子のズボンを穿いたときは、むっちりとしたヒップにパンティラインが浮んでいた。

もちろんパンティも柚菜のものだった。

しかも、それは柚菜が一日穿いていたものを、その場で脱いで渡さなくてはならなかった。

（家ではどうやってすごしているんだろう……お風呂上がりとか……）

家にいる時間を減らそうと、彰子は朝早くから登校し、放課後遅くまで残っていた。黒沼に調教される時間が延びることになるのだが。

「さっさとしろ」

「……はい」

彰子がスポーツブラを捲り上げた。乳房は真っ白い肌だった。こんがりと焼けた肌とのコントラストが初々しい。

可哀想なことに、彰子はビキニ水着を着せられ、日焼けサロンで肌を焼かれたようだ。日焼けの跡がくっきりと三角ブラの形で残っている。その無垢な白い胸の谷間に黒沼のドス黒い逸物を挟み込んだ。

もちろん完全に覆うには乳房が小ぶりすぎる。にもかかわらず、彰子は懸命に裏筋を谷間で擦りつけはじめた。そして、亀頭に軽くキスをして、わざと唾液を垂らして肉槍を濡らし、滑りやすくした。

彰子のフェラチオ奉仕はかなり様になっていた。それだけ過酷な躾を受けていたのを柚菜は知っていた。残虐な黒沼は少年には柚菜のとき以上に暴力的になるようで、気に入らなければ過酷な折檻を行っているようだった。

彰子は女子トレイに連れ込まれ、和式便器に顔を突っ込まれて便器の底を舐めさせられたり、黒沼の排泄物を飲まされたことも一度や二度ではなかった。すっかり心が折られ、男の性を歪められていったのだ。

「あぁ……先生のオチ×チンはいい匂いがします」

「男のものをしゃぶりながら昂奮するようになったか？」

「んんん」

眉間に深い皺を寄せた彰子は奉仕に励んだ。

次第にお尻が持ち上がり、くねくねと動きはじめた。短いスコートが捲れ上がり、三段フリルがついたアンダースコートが丸見えになった。ヒップの膨らみもかなりのサイズで、太腿の付け根まで健康的に日焼けしていた。

「アヌスを弄《いじ》ってやれ」

「はい」

柚菜はアンダースコートとパンティを脱がした。

弾かれたように怒張が飛び出した。しかし、矯正包茎なので、やはり痛々しかった。

童貞を喪失したとき以来、彰子の男根は使われたことがなかった。性感帯は肛門へと移されていたのだ。

柚菜は自分の指を舐めて、拡張途上の菊蕾に差し入れた。

「あひぃ……お尻が……」

「何本だ？」

「二本です」

「三本入れて、掻き混ぜてやれ」

間髪いれず、黒沼が命じてきた。

柚菜はそれに従うしかなく、三本指を入れて激しく肛門を責め嬲《なぶ》った。彰子はすぐさま反応した。

「あッ、あひぃん、お尻が……おかしくなっちゃう。もう、お尻オマ×コばかりはいやぁ」

「なんだ？　チ×ポを切って、おまえもオマ×コを作りたいのか？」

黒沼が見せつけるように肉棒を乳房に擦りつけた。

「い、いやぁ……それだけは……」

「ははは、そのさもしいクリペニスは残してやろう。利用価値もあるからな」

「うぅ……あぐぅ」

黒沼が彰子の肉棒を乱暴に踏みつけた。

「あ、あひぃん……んはぁ、あ、あ、あッ」

彰子はさらに少女のように甲高い悲鳴をあげた。どうやら絶頂が近いようだ。

それを見て取ると、柚菜は指を引き抜いた。

黒沼も足コキを中止した。

彰子の調教は柚菜よりも苦痛を伴《ともな》うものだった。絶頂の快楽を与えないというものだったからだ。昂奮のやり場を失い、彰子は教師の肉棒にむしゃぶりついた。

しかし、すぐ突き飛ばされてしまった。

「よし、柚菜。来るんだ」

「はい……」

セーラー服を脱ごうとすると、制止された。

「そのままでいい。発情した牝の汗をたっぷりセーラー服に染み込ませるんだ」

「……そんな」

冬用セーラー服の綿と合成繊維は柚菜の汗をたっぷり吸収し、少女の甘酸っぱい薫りを常に漂わせている。しかも、放課後になると彰子がそのセーラー服を着ることになるのだ。少年の汗も染み込んでいることになる。

柚菜は黒沼の前でスカートを捲り上げた。

ビキニのパンティが露になった。サテン生地で光沢のあるブルーだった。しかし、股間部分は染みが何度も乾いた跡が年輪のように生地を妖しく艶めかしていた。

「そのままにしていろよ」

黒沼はパンティの両サイドを摑《つか》み、一気に持ち上げた。伸縮性のある生地が股間に食い込み、大陰唇の膨らみが浮かび上がった。

背後もTバックのように細くなっていた。その状態で前後に擦られた。

瞬く間に股間が熱くなり、剝き出しの淫核をすべすべの生地に刺激されてすぐさま濡れていった。パンティの表面で乾いていた染みが、蜜汁で溶けて淫猥な匂いが強くなっていく。何とも甘ったるい薫りで、柚菜には不快だった。

しかし、彰子は違うようで、股間を押さえてうずくまった。勃起して痛みが走ったのだろう。

「射精を勝手にしたら女性ホルモンを打つからな」

「あぁ」

彰子を一瞥すると、黒沼は柚菜に問いただした。

「どっちの穴に入れてほしいかな？」

「……」

答えられるわけがなかった。

「彰子に見せつけるようにアナルセックスにしとくか」

ソファに座ったまま黒沼は柚菜のパンティを脱がした。

それを合図に柚菜は黒沼の屹立に向かってヒップを下ろし、熱い亀頭を押し当てた。

何度体験しても、排泄器官に極太の兇器を受け入れるのは容易ではなかった。中腰のままの柚菜は、呼吸を整えて括約筋を緩めていった。だが、心の準備が整う前に、腰を摑まれ一気に挿入されてしまう。

「あぐぅんん！」

野太い怒張に貫かれ、柚菜は顎を上げて呻《うめ》いた。

手から離れたスカートがふわりと舞って、太腿に垂れた。

「早く俺の上に座りたかったんだろう？」

片脚ずつ軽く持ち上げ、黒沼は自分の膝の外側に柚菜の脚を持っていった。

柚菜は大開脚の姿勢を取らされた。

背後からセーラー服を捲り上げられ、ブラジャーから乳房を剝き出しにされ、揉みしだかれた。

「ん、んんあぁッ」

「自分で動け！」

乳房が力強く鷲摑みにされ、痛みに襲われた。そのたびに肛門括約筋に力が籠《こも》ってしまう。

あまりの苦痛に吐き気がしたが、柚菜は背筋を伸ばして男の首に両手を絡めた。

「胸が少し大きくなったか？」

「んんぁ」

「俺が揉んでやっているからだろうが、先月も同じことを言ったような気がするわ」

黒沼は追及してこなかったが、柚菜は胸が締めつけられた。

彰子のときは本当に初潮だったのだろうか。ナプキンは綺麗なままだった。その後、黒沼としたときの拡張感は凄まじかった。

（もしかして……本当にバージンに戻っていた？　確かにブラジャーがきつく感じるし……）

高まる不安を振り払うように、黒沼にキスをせがんだ。

舌を絡めながら黒沼が恥裂をまさぐりはじめた。

「こんなにぐちょぐちょじゃないか」

「あ、あぁ、お尻が……いいッ」

「尻《ケツ》を掘られて、前をこんなに感じさせて」

そう言って膣を荒々しく攪拌《かくはん》してきた。蜜汁が会陰に流れ、肉竿を濡らす。滑りがよくなり、濡れた音を立てた。

「うぅ」

前のめりになった彰子が唸った。血走った目で、結合部と柚菜の秘部を注視している。

「見てのとおりの大洪水だ。オカマ野郎、舐めて綺麗にしろ」

「……ひぃ」

彰子は迷うことなく柚菜の割れ目にむしゃぶりついた。

荒い息遣いをしながら舌でピストン運動を開始した。

「あぁ、あひぃ、舌が……あぁ、あぁ」

「いいぞ。チ×ポを締めつけてくる」

ソファのスプリングを軋ませながら、黒沼が跳ねた。

突き上げられた柚菜も小柄な身体を弾ませている。

黒沼も柚菜も激しい快楽に呑み込まれる寸前だった。快楽のおこぼれに与《あずか》ろうと、彰子の舌の動きはさらに激しくなった。腰も宙を掻いている。亀頭から先走り液が飛び散った。

「俺のほうに奉仕しろ」

黒沼はソファに背を預け、さらに角度をつけて結合部を見せた。

腸の粘液と愛液がこびりついた裏筋に彰子は舌を這わせていく。同性だからという躊躇や逡巡《しゅんじゅん》はなく、奉仕に励んでいる。舌の端が柚菜の肛門にかすめるたびに、熱心さが伝わってくる。

(それだけ射精したいんだわ……)

彰子は柚菜とは真逆の地獄を味わっていた。

その憐れな少年の前で昂揚することに後ろめたさと優越感があった。

「あ、あくん。お、お尻でイクゥ！」

「さらに締まってくるぞ。本当におまえは尻の穴も名器だな」

黒沼の高笑いに、彰子がおずおずと懇願した。

「あ、彰子のも……使ってください」

「おまえは黙って奉仕をしていろ!」

「あ、あむぅ……ちゅ、んむぅ」

彰子が泣きながら奉仕を続けるなか、柚菜は絶頂に達した。

「イクッ! 後ろの穴でイクゥ!」

膣道が収縮し、蜜汁のシャワーが彰子の顔を打った。

(あぁ……ごめんなさい……あぁ、また、また来るぅ)

アナルでの悦虐は、いわゆる高原状態が続いた。二度目の大波がすぐに来て、また潮を噴いてしまった。

「おら、おら、もっとイケ。アナルセックスの色狂い中学生になってしまえ!」

黒沼が咆哮《ほうこう》をあげながら、大量の熱いものを噴出させた。

2

さすがに授業中は彰子も男子の制服を着ているが、その下には柚菜のパンティとブラジャーを着用していた。

一方、柚菜はノーパン、ノーブラだった。

本来ならこの状況でまともに授業など受けられるはずもないのだが、なぜか教師の言葉が耳にすんなり入ってきて理解が進んだ。以前よりも感覚が研ぎ澄まされている気がする。

「また休むの？」

同じ部活の早苗が、帰り際《ぎわ》に鋭い口調で訊《たず》ねてきた。

以前と比べると、二人の距離はずいぶん遠くなっていた。

「ごめんなさい……用事があるの」

「ふーん。まぁ、練習しなくても結果が出せるもんね」

踵《きびす》を返し他のクラスメイトのもとへ去っていく。彼女たちは柚菜のほうを見やりながら陰口を叩いた。

「ねぇ、臭くなかった？」

女子たちの笑い声から逃げるように柚菜は理科室へと向かった。

理科準備室では彰子が待っていて、彼にセーラー服を渡した。

柚菜は裸の上に女子用のスクールコートだけを着た。グレー色のPコートだった。桜岡学園のピンク色のボタンがアクセントになっている。コート丈は普通に制服の上から着るとスカートが数センチ見えるくらいという愛らしいものだから、腰を曲げただけでヒップが見えてしまいそうになる。

さらに首輪を嵌《は》められ、それをマフラーで隠した。

「用意はできたか？」

「……はい」

「うぅ、どうするつもりですか？」

彰子が心配そうな声で訊いた。

何かよからぬことが起きるのではないかと心配しているのだろう。

もう諦めている柚菜は彰子に無言で首を振った。

「行くぞ」

黒沼に促され理科室をあとにした。

校庭の木々からは葉が落ち、運動場が見えるようになっていた。黒沼は自分だけスポーツカーに乗り込んだ。

「美桜のところに来い。場所はわかるな？」

柚菜は頷《うなず》いた。

エンジン音が聞こえなくなり、いつの間にか近くにいた彰子が訊ねてきた。

「美桜って誰のこと？」

「先生の仲間……かな？」

「私たちどうなるの？」

「わからないわ。でも、遅れたら確実に怒られるから」

柚菜は彰子といっしょに校門に向かった。

学校にはまだ生徒が残っていた。柚菜はコートの下が裸であることがバレないか、彰子は女装していることで、それぞれ緊張していた。二人は手を繋《つな》いで守衛が見守る校門を急いでくぐり抜けた。

街で行き交《か》う男たちは邪《よこしま》な視線を向けてくる。

「……うぅ、もう嫌だ」

彰子が立ち止まった。初めて女装で外出したことで緊張の糸が切れてしまったようだ。

「でも、行かなきゃ」

柚菜は引いた手に抵抗を覚えた。

「このまま逃げられないかな……」

「無理よ。だって私たち……」

恥ずかしい証拠映像を握られていることは彰子に説明するまでもない。

「今なら理科準備室に戻って、すべて処分すれば……」

「ダメなの」

「どうして？」

「これから会う美桜って人にデータを送っているのよ」

「そんなの嘘。嘘だと言って」

彰子は柚菜の肩に顔を押しつけて啜《すす》り泣いた。歩行者が奇異の目を向けた。

「諦めるしかないの……つらいけど、我慢はできる」

「怖い、怖いんだよ。僕は……これからどうなるの？　葵くんだって、なんであんな身体だったのか……」

「うぅ、この先どうなるかはわからないけど、私たちは逆らえないのよ。わかるでしょ？」

「……」

幼子のようになった彰子が胸に顔を埋《うず》めてきた。

「普通なら体験できないことを体験できるし」

なんとか慰めようとしたが、口から出る言葉に柚菜自身で愕然とした。

「それにみんなとは違う快楽も知ることができるの。みんなが知らないことを体験しているのよ」

　自分でもそれが嘘だとわかっていた。望んだ快楽ではないのだから。

「それが怖いの……私の中で……どんどん歪んだ部分が大きくなっていくの」

　彰子の不安を聞いて、柚菜は悟った。

（この子は過去の私なんだ。不安で恐ろしくて、ベッドの中で震えていた私なのだ）

　彰子を強く抱き締めた。

　しかし、いつまでも感傷に浸っているゆとりはなかった。二人は神楽坂へと向かった。ちょうどラッシュ時だったので満員電車だった。柚菜は彰子を守るために隅のほうへ移動した。だが、停車するたびに人に揉まれ、ふと見ればコートがはだけ、ヒップが半分も露呈していた。

　そのときコートの裾を撫でられた。

「!?」

　最初は手の甲だったが、やがて手のひらでヒップを撫でまわしてくる。

　柚菜の異変に心配する彰子にそっと囁《ささや》いた。

「大丈夫だから」

　近づくにつれ、さらに人が乗ってきた。

柚菜と彰子は身体を密着させた。彰子の股間が勃起していることに気づいた。彰子は顔を真っ赤にして小さくごめんと言った。

背後の男が柚菜の尻を揉みはじめた。パンティのラインを確認するような動きだったが、ノーパンということがわかると、さらに遠慮がなくなった。こちらに体重を預け、何やらゴソゴソとしだした。

そして手を摑まれ、硬くなったナマの肉棒を握らされた。

「ノーパンだとバラされたくなかったら、さっさとしろ」

男はすごんだ。柚菜はしかたなくペニスをしごきだした。

(なんで……私ばかりがこんな目にあうの？)

柚菜は悲しくなった。次の駅が神楽坂だ。

「もっともっと……」

男が陰裂に触れようとしてきた。

その瞬間、柚菜は振り向きざまに男を押し返した。ちょうどそのとき駅に到着し、扉が開いた。痴漢男はよろめきながら呆気《あっけ》にとられた顔をした。痩せぎすの中年男だった。スーツから短小ペニスを情けなく露出していた。

それに気づいた女子大生らしき女たちが叫んだ。

「変態！」

「痴漢です！　捕まえて！」

柚菜は彰子の手を引いて、人垣を縫うようにそこから逃げた。

3

美桜の高級マンションの一室では黒沼が少女を膝の上に乗せて背面座位で貫いていた。

桜岡学園のセーラー服を着ていたその少女は上着を捲られ、乳房を大きく弾ませていた。

「葵くん⁉」

それを見た彰子が叫んだ。

黒沼がスカートを捲り、葵の股間を露にした。

無毛の丘に「8」の数字が見えた。だが、それ以上に目を惹いたのは、男根を金属製のケージのようなもので覆われていたことだ。

「んぐぅ、んん、お尻がいいですぅ……あぁ、オッパイをもっと虐めてぇ」

葵は甲高い声で媚びていた。

残忍な黒沼が爪を立てて乳房を揉みしだいた。赤い線が白い乳房に刻まれていった。

「よく来たわね」

そう言って出迎えたのは美桜だった。

相変わらず香水の匂いがきつかった。

微笑んで三日月形になる目が逆に恐ろしく、彰子が柚菜の背後に隠れた。

「その子も可愛いじゃない」

「変なことしないでください」

「変なこと？　気持ちいいことしかしないわよ。中学生をやりまくれるなんて素敵じゃない」

「……」

彰子は拒否するように目をきつく閉じた。

「もう予約が入っているの。五十代の女医さんは尿道責めが大好きだから、新たな快楽が開発されちゃうわね」

自分の親よりも高齢な女性を相手にしないとならないことに愕然とした。しかし、いわゆる富裕層は社会的地位があるのだろうから年齢も高くなるはずだ。彰子だけでなく、柚菜もまたそうした父や祖父と同じくらいの年齢の男たちに玩弄される運命が待っていることになる。

「そこのオカマに客を取らせてもいいが、柚菜はまだ俺だけのものだ」

「この娘にかなりご執心なことはわかっているわ」

「俺が手塩にかけて最高のマゾに仕上げてやるんだ」

「飽きっぽい先生に戻ってよ。未完成の娘のほうがお客様も調教のしがいがあって悦ぶのに」

二人で勝手に盛り上がっている。

彰子も何か悟ったようで、踵を返して逃げ出した。

だが、入ってきたドアを開けようにもびくともしない。

ゆっくりと近づいてくる美桜から逃げまわっていたが、恐怖のあまり足がもつれて転倒してしまう。

美桜が彰子に馬乗りになった。

「先生、ちゃんと言い含めておいてもらわないと困るわ」

「あとでたっぷりと焼きを入れよう」

顔に泥を塗られた黒沼はいつもの舌打ちをしたが、貞操帯を弄りまわして葵を苦しめるのをやめなかった。そして恥丘の文字を指でなぞった。

「俺らもブランド奴隷を出荷していくか」

「ブランド？」

「土手に奴隷の『奴』や『隷』、あるいは『牝』などといった文字を焼き印するんだ」

「あら、おもしろそうじゃない。さっそく職人を使って立派な鏝《こて》を用意するわ。文字は本人に選ばせてやりましょうよ。そこの暖炉で熱してジュッと灼いてやるのね。なんだか、わくわくするわ」

あまりに身勝手な話に柚菜は憤《いきどお》りを覚えた。

喉まで罵倒の声が出かけたがそうしなかった。首輪のせいではなく、支配者たちの逆鱗に触れるのが怖かったのだ。痴漢男を撃退した強気が嘘のようだった。

「客の件はいいけど、今日は私が愉しませてもらうわよ」

美桜は彰子を見下ろした。

美桜は女性なだけあって彰子に興味を持っているようで、パンティの膨らみをじっと見た。

「牡の臭いがプンプンするパンティね」

膨らみを意地の悪い手つきで虐めはじめた。

「痛いッ、やめてください……痛いですぅ」

「どんな道具を持っているのかしら？」

美桜は彰子を立たせ、パンティを引き下げると、若々しいペニスが飛び出した。その瞬間、糸を引いた先走り液が飛び散った。

「舐めて綺麗になさい」

命じられたのは柚菜だった。

柚菜が下女のように床を舐めている最中も、彰子は美桜に嬲られつづけた。

「あっぁ、痛いィ」

「包茎にされたんですって？　勃起したら痛くなるなんて、先生はひどいことをするわね」

言葉とは裏腹に勃起したペニスに頬ずりしそうな勢いだった。

美桜は双頭の張形を持ってきて、それを柚菜の前に放り投げた。黒沼のものに匹敵するほど巨大なものだった。

「しっかり濡らすことね」

「……はい」

柚菜はグロテスクな張形を舐めていく。

「おいで、気持ちよくしてあげるわ」

美桜はソファに座って股を開いた。彼女の股関節は驚くほど柔らかかった。恥丘が露になりジャングルのように茂った陰毛が丸見えになる。そこから濃厚な淫臭が漂ってきた。

「んんん」

彰子が拒絶の声をあげると、すぐに黒沼が叱責した。

「俺に恥をかかせたら、わかっているな？」

「ひぃ」

「また女子便器を舐めさせるぞ。今度は柚菜のウンチを口で受けるか？」

「ちゃんとやります。やりますから……」

彰子は美桜の熟れた割れ目に肉棒を挿入した。華奢な少年と熟女の対比が倒錯的だった。

「あ、あ。いいわ。もっともっと激しく突いて」

「んんぐぅ、んひぃ！」

女体に男根が呑み込まれていく。彰子は包皮が突っ張る苦痛に耐えて必死の形相《ぎようそう》をしている。だが、途中で萎んだのか、ペニスが膣から抜けてしまった。

「若いのに中折れ!?」

ヒステリックに蔑《さげす》んだ声で美桜が睨んだ。

「女子として躾けたから、オカマを掘られないと勃起しなくなったんじゃないか？」

「それじゃあ、仕方ないわね」

美桜が柚菜に目配せした。

「……」

柚菜はわけがわからずおどおどした。

「言われないとわからないの？　おまえが男役をするのよ」

コートを脱いで裸になった柚菜の股間には双頭の張形が聳《そび》えていた。

それを膣奥まで押し込むと、重量のあるペニスが存在感を誇示する。

柚菜が彰子の尻の谷間をゆっくり開いていくと、肛門拡張された窄まりがヒクヒクと蠢《うごめ》いていた。

そこに張形を押し当てた。

「入れる、ね」

「う、うん……あぁ、あひぃ」

柚菜は男になったような感覚になって腰を突き立てた。だが、反撥する力が子宮口に跳ね返ってくる。

（オチ×チンの感覚とは別物だけど……これも感じるかもしれない）

女の子ような華奢な腰を摑んでピストン運動を始めた。

萎えていた彰子のペニスに力が蘇《よみがえ》ってきた。

「いいわ。大きくなってきた。早く、入れるのよ」

柚菜は自分が責めるように、彰子の逸物を美桜の恥裂へと誘導した。

数度狙いを外したが、柚菜は見事にやり遂げた。

「んひぃ！　あぁ、お尻が壊れちゃう」

彰子が息も絶えだえになって悲鳴をあげた。

「いいわ。もっとこの子を責めて。そのたびに坊やのペニスがピクピク跳ねているわ」

「あぁ、あひぃ、あぁぁ！」

「あなた、女の子のくせに男の感覚も持ち合わせているみたい。あぁ、もっと子宮をついて」

美桜が偶然にも柚菜の正体を言い当てた。

柚菜は動揺したが、ちょうど彰子が腰をくねらせはじめたので、悟られることはなかった。

「イクッ、イクわ！」

美桜は身をのけ反らせて喘いだ。膣襞で肉棒が食い締められる手応えを柚菜も感じた。

「……私も、く、クリペニスでイッちゃう！」

少し遅れて彰子も絶頂に達した。

射精にかまわず、柚菜はアヌスを抉りつづけた。彰子の前立腺を刺激して精巣を空っぽにさせようとした。

「あぁ、まだ、射精が続いているぅ……あぁ、あッ」

「やめちゃダメよ。そのまま突いて、もっともっとよ！」

美桜の要望のまま柚菜はピッチを速めた。

明らかに抵抗感がなくなった。どうやら彰子のペニスが萎もうとしているのだ。しかし、直腸を抉ると瞬時に屹立しはじめた。

「あぁぁああ……また、勃ってくるぅ、くひぃ、痛い」

勃起するたびに疼痛を覚える彰子に同情した。

柚菜は射精後の肉棒の気怠《けだる》さも尿道の疼きも知っている。自分の意思に反して、無理やり勃起させられのはひどくつらいはずだ。

躊躇したとき、背後から肩を摑まれた。

「俺らも混ぜてもらおうか？」

黒沼が葵を操縦し、柚菜の尻穴に葵の貞操帯を押し当ててきた。

「くひぃ」

「短小だからすぐに抜けてしまいそうだな」

亀頭より少し長いサイズの貞操帯が柚菜のアヌスに侵入してきた。

「あぁ、先生の激しさが伝わってくるわ」

美桜が歓喜の声をあげた。

「全員まとめて責めてやろう」

黒沼が高笑いをした。

「今日は朝まで愉しみましょう。あぁ、また、子宮を突いてくるぅ」

そうして柚菜たちは明け方近くまで二人の支配者に思いつくかぎりの破廉恥行為で嬲られた。

途中、柚菜と彰子は美桜の部屋に、葵は黒沼と客室に入っていった。

4

「起きなさい」

柚菜は頬を叩かれて目を覚ました。

膣を責められた翌日はいつも膣内に熱があった。だが、今朝は股間に熱感があった。慌てて起きようとしたが、手足を拘束されたままなので上体を起こせなかった。

股間を見ると肉棒が生えて屹立していた。

「これはどういうこと？」

美桜が目を丸くして、柚菜のペニスをマジマジと観察している。

やがて肉竿を擦りはじめた。射精しそうになると、とたんにやめて焦らしてきた。黒沼とは別種の意地の悪さを感じた。

「んあぁ、んんッ！」

「ずいぶん大きいクリトリスね。何なの、これは？」

そのとき、部屋のドアが勢いよく開け放たれた。

客室にいた黒沼が葵を連れてきた。

「おい、これを見るんだ」

美桜は葵の股間を見て、再び驚愕した。

貞操帯が外れ、可憐な縦割れが見えていたからだ。

（葵くんに女性器が!?）

「やはりあれは夢ではなかったのか」

黒沼が顎髭を撫でながら、柚菜の怒張を見つめている。

「知ってたの？」

美桜が詰め寄った。

「先月、そいつが学校をサボったから、家に押しかけたんだ。そのとき、チ×ポが生えていた。あれは夢だと思っていたんだが」

「報告してくれなかったじゃない」

「バカげた話だからな。それに今の今まで、すっかり忘れていたんだ」

柚菜と葵を眺めながら、二人は目配せしている。

「……なにかの奇形かしら。でも、考えようによっては、貴重だから高値で売れるかも」

「売るにしても、こちらで味見しないわけにはいかんだろ」

切り替えの早い黒沼は葵をベッドに押し倒した。

そして背後からそそり立った男根を一気にぶち込んだ。

「んんん、あぁ、痛いッ、痛いです」

「ひょっとして処女なのか？　生意気に血が流れているぞ」

一人で有頂天になっている黒沼に美桜は半ば呆れていた。

「臨機応変な先生もなかなか頭のネジが緩んでるわね」

「女衒《ぜげん》が何を言っている。おまえも愉しめよ」

黒沼は挑発するように、葵の小さな身体を激しく前後に揺すった。

「奴隷同士にやらせたらいいじゃない」

しかし、黒沼は聞いているのかいないのか、怒張を打ち込んでいる。そして葵を美桜と柚菜の前に進ませた。白いシーツに赤い染みが点在した。

「よし、イクぞ。孕《はら》むかどうか試してやろう」

黒沼は男根の根元までねじ込むと咆哮《ほうこう》をあげた。

あまりの快感にベッドに大の字にひっくり返った。天井を見つめたまま息を荒げている。

瞬きもしていない。

その異変に最初に気づいたのは美桜だった。

「ちょっと、なにしてんの？　大丈夫なの？」

美桜が黒沼を覗き込んだが、彼は虚空を見つめたままだ。

柚菜はこの光景に見覚えがあった。

（うちに来たときと同じだわ！）

柚菜の表情を葵が見て微笑んでいた。

「君も黒沼をコントロールしただろ？」

「え？」

柚菜が訊ねたが、美桜が葵の肩を摑んで押し倒して逆に尋ねた。

「コントロールって何よ？　なんのことを言っているの？」

葵が右目に指をやって何かをしていた。

「さすがに入れっぱなしだと不快感があるね」

「その目!?」

どうやらコンタクトレンズを外したようだ。葵もオッドアイだった。

「あんたたち、なんなの？」

美桜があとずさった。

「捕まえろ！」

葵が命じると、黒沼が飛び起きて美桜を羽交《はが》い締めにした。

「……どういうこと!?」

「説明するより、体験したほうが早いと思うんだ」

葵は柚菜に微笑んだ。とても大人びた笑い方だった。

話し方も威厳さえあった。

そして黒沼に美桜と柚菜を結合させるよう命じた。

美桜を軽々と抱《かか》え上げた黒沼は、柚菜の肉棒の上に下ろした。

「ごめんね。こんな気持ち悪い女とセックスさせて」

葵は柚菜の隣に寝そべったが、拘束を解こうとはしなかった。

その間も美桜は呻いていたが、柚菜はそのまま射精してしまった。

美桜も糸の切れた人形のようになった。

葵が柚菜に耳打ちをした。

「さぁ、言ってごらん」

「……」

「一生、人間の奴隷のままでいいのかい？」

柚菜は思いきって復唱した。

「私に……死ぬまで尽くしなさい」

「かしこまりました」

美桜が恭《うやうや》しく言った。

「おまえも、だよ」

葵が黒沼に向かって言うと、黒沼も葵の足に誓いのキスをした。

「葵くんって何者なの？」

「僕は君を守ると君の両親に誓ったんだ。本当の両親にね」

エピローグ

それから一年が経過した。

あのあと、柚菜は彰子とも交わって、彼から一連の事件の記憶を封印した。今は普通の男子として学校生活を送っていることだろう。

柚菜は美桜の高級マンションで怠惰といえば怠惰な生活を送っていた。学校にも長らく通っていない。あの日を境に姿を消した葵が教えてくれたのだが、性が逆転するようになると、さまざまな身体能力が高まるらしい。

また、ペニスが生えるのは満月の日であることがわかった。

翌日にはリセットされ、処女の身体に戻った。肉体への損傷も同様に回復するとのことだった。

葵の恥丘にあった「8」の字の烙印も消えていた。驚いたことに彼の実年齢は三十六歳だという。ある日を境に歳を取らなくなったらしい。

異変は一九九九年の六月に宮守村で発見されたミステリーサークル出現後に起こり、人口百人ほどの村の老人が若返ったとのことである。

宮守村の怪奇現象を解明すべく国の調査が入り、見事に隠蔽《いんぺい》された。ダム建築という名目で宮守村は廃村となり、村人は全員施設に隔離された。そこで行われたのは人体実験だった。不老不死が可能になるのではと期待されたのは当然の成り行きだった。

柚菜は葵の言葉を思い出していた。

「何人もの村人が命を落としたんだ」

「……私の本当のお父さんも、お母さんも？」

葵は頷《うなず》いた。

「私はどうして……外に？」

「僕たちはおそらく宇宙から飛来したウイルスのようなものに感染したんだろう。これは人から人へは感染しないし、輸血しても人間には効果を発揮しない。人間とセックスしても子供はできない」

「……お父さんもお母さんも……その村の人だったのね」

「君の両親と僕は幼馴染みだよ。僕たちは何人も子供を作らされたが、そのたびに子供を取り上げられた。ちなみに、妊娠は僕のようなタイプがするんだ」

葵は冷静な口ぶりだが、目の奥には憎しみの炎が見えた。

「なんてひどいことを……」

柚菜は目に涙を浮かべた。

「今の私の両親はどうしているの？」

「君の父親は当時、若い研究員で現地に赴任したばかりだったんだ。僕たちが人間を操ることを知っていたのかわからないけど、知的好奇心の強い人でね。僕とセックスをした」

「……操ったのね」

「ああ、それしか君を救う術《すべ》がなかったからね」

「父が私を連れ出してくれたのね？」

「ああ……君の本当のお母さんが、育ての親をコントロールして、自分の子と取り替えてもらったわけさ」

愕然とした。その柚菜の表情を見て、葵はさらに怒りを燃やした。

「君の本当の両親は人間の子を守るために、自分たちを犠牲にしたんだ。それなのに、人間のほうは自分の娘を実験台にしたんだから、人間とはつくづく救えない生き物だ」

葵は乾いた笑い声をあげた。

――托卵だ。確か黒沼もそう言っていた。なんのことはない。柚菜も同じ境遇だったのだ。

育ての親たちはどんな気持ちで育ててくれたのだろう。

「もしかして……少年売春の事件も」

「僕が愚かな人間をコントロールしたのさ」

「何のために？」

「人間の愚かさを広く世間に認知させるためさ。それと君を探すため」

柚菜はもう一つの違和感を思い出した。

「もしかして、彰子ちゃんが私の体操服を盗んだのも？」

「ああ、君が先生と情事に耽っているときに、彼を誘惑したらあっさり乗ってきたよ」

「親友じゃないの？」

「君を好きと言いながら、俺に言い寄られたら気移りするような奴だぞ？」

葵は吐き捨てるようにそう言った。柚菜は睨みつけたが、相手はまったく気にしていないようだった。

「……」

「君にしか興味がないんだ」

「……私を？」

「君と僕とでは影響力が違う。僕の力なんて君の足元にも及ばない」

その目の色には黒沼や美桜よりも深い闇が宿っていた。

「……」

「僕たちは東北の山奥に逃げ延びて小さなコミュニティを作っている。だけど、男型がいないんだ。だから来てほしい……僕たちで人間に復讐をしよう」

柚菜は拒絶した。今は何も信じられなかったからだ。

それならと葵は柚菜に襲いかかり、出現した男根から精液を膣に受けた。

その後、父親から真実を聞いた。本当の名前「継美《つぐみ》」がキーワードだった。葵が言ったことは真実だった。

それを知ってしまっては、家にはいられなかった。あの日からこのマンションで暮らしている。

だが、育ての親との記憶は忘れることができなかった。葵も自分と同じようにつらい記憶から逃れられないのかもしれない。

「継美さま、お荷物が届きました」

忠実な召使いとなった美桜が、封筒を持ってきた。そこには一枚のディスクが入っていた。

映像を再生すると、そこには愛らしい赤ん坊が映っていた。小さい手が虚空《こくう》をかいている。

目は美しいオッドアイだった。

子どもを抱きしめたい衝動に駆られた。気づくと頬を涙が伝っていた。

カーテンを開けて窓から外を眺めた。

怖いほど大きい満月が夜の街を照らしていた。

◉新人作品**大募集**◉

マドンナメイト編集部では、意欲あふれる新人作品を常時募集しております。採用された作品は、本人通知のうえ当文庫より出版されることになります。

【応募要項】 未発表作品に限る。四〇〇字詰原稿用紙換算で三〇〇枚以上四〇〇枚以内。必ず梗概をお書き添えのうえ、名前・住所・電話番号を明記してお送り下さい。なお、採否にかかわらず原稿は返却いたしません。また、電話でのお問い合せはご遠慮下さい。

【送付先】 〒一〇一‐八四〇五 東京都千代田区神田三崎町二‐一八‐一一 マドンナ社編集部 新人作品募集係

美少女《びしょうじょ》変態《へんたい》怪事件《かいじけん》

二〇二一年十一月十日 初版発行

著者◉柚木郁人【ゆずき・いくと】

発行◉マドンナ社
発売◉二見書房
東京都千代田区神田三崎町二‐一八‐一一
電話 〇三‐三五一五‐二三一一(代表)
郵便振替 〇〇一七〇‐四‐二六三九

印刷◉株式会社堀内印刷所 製本◉株式会社村上製本所 落丁・乱丁本はお取替えいたします。定価は、カバーに表示してあります。

ISBN978-4-576-21160-2 ◉Printed in Japan ◉©I.yuzuki 2021